임진록

나라를 위해 목숨까지 건다고?

물음표로
따라가는
인문고전

20

임진록

나라를
위해
목숨까지
건다고?

글 박진형 | 그림 정경아

지학사아르볼

국가는 무엇을 해야 하는가?

예로부터 일본에서 사신이 오면 그들이 지나는 고을에서는 으레 창을 든 장정들을 길 양편에 늘어세워 군사적인 위엄을 보이곤 했다. 사신이 인동*을 지날 때 도열한 장정들을 곁눈질로 보며 비웃었다.

"너희들의 창대는 너무 짧구나."

그가 상주에 도착하자 목사(牧使) 송응형이 기생을 동원해 잔치를 베풀었다. 사신은 송응형의 머리가 허연 것을 보며 비꼬았다.

"나는 오랫동안 전쟁을 치르느라 머리가 다 세었소. 그런데 사또는 기생들의 춤과 노래에 묻혀 아무 근심 없이 지내는데 어찌 백발이 되었소?"

사신이 서울에 도착하자 예조 판서가 연회를 열었다. 잔치가 무르익었

---

* **인동** 경상북도 칠곡.

을 때, 사신은 후추를 꺼내 한 줌 뿌렸다. 그러자 기생과 악공들이 다투어 줍느라 아수라장이 되었다.* 사신은 이를 물끄러미 바라보며 말했다.

"너희 나라는 망하겠다. 기강이 이미 허물어졌으니 어찌 망하지 않기를 바라겠느냐?"

– 《징비록》*

1586년, 다치바나 야스히로라는 인물이 조선에 옵니다. 그는 도요토미 히데요시가 보낸 사신이었지요. 일본 66개 주를 이제 막 통일한 히데요시는 바깥으로 눈을 돌립니다. 외부 상황을 파악하는 한편, 통신사 파견을 요구하기 위해 그는 조선으로 사신을 보내지요.

일본 사신의 눈에 비친 조선은 어땠을까요? 안일함, 그 자체였습니다. 장정들의 무기는 형편없었고, 관리들은 잔치에 세월 가는 줄 몰랐으며, 질서와 기강은 무너진 지 오래였으니까요.

사신은 "조선이 망할 것"이라고 말합니다. 그리고 그 말은 현실이 됩니다. 6년 뒤 조선은 비극적인 전란을 겪습니다. '전염병과 기근으로 죽은 자들이 길에 겹쳐 있으며, 동대문 밖에 쌓인 시체는 성의 높

---

* 후추는 과거 '검은 황금'으로 불릴 정도로 가치가 높았다.
* 《징비록》 조선 시대의 문신 유성룡(1542~1607)이 임진왜란 동안에 경험한 사실을 기록한 책. 징비록(懲毖錄)은 《시경》에 나오는 "지난 일을 징계하여 후환을 삼간다"라는 구절에서 딴 것이라고 한다.

이에 맞먹을 정도였다. 그 냄새가 너무 더러워 가까이 갈 수조차 없었다. 사람들은 서로 잡아먹어, 죽은 시신이 보이면 순식간에 가르고 베어 피와 살이 낭자했다.'라는 《징비록》의 기록처럼요.

　《임진록》은 소설입니다. 이 작품은 특이하게도 민중의 관점에서 쓰였습니다. 그렇기에 참화*를 몸소 겪은 이들의 체험과 의식이 고스란히 담겨 있지요.

　사람들은 분노했습니다. 전란을 대비하긴커녕, 도망치기 급급한 집권층을 바라보면서요. 또한 안타까웠습니다. 속수무책으로 패하는 군사들과 무너지는 성벽을 보면서요. 그리고 슬펐습니다. 마을이 불타오르고, 시체가 쌓여 가는 모습을 보면서요.

　하지만 사람들은 포기하지 않았습니다. 전국에서 의병이 일어납니다. 돈을 받은 것도, 관직을 얻는 것도 아니었지요. 하지만 나라를 위해 사람들은 목숨을 겁니다. 그 피와 땀이 있었기에 우리에게 '지금'이 있는지 모릅니다.

　《임진록》은 우리에게 여러 생각거리를 던져 줍니다. 그중 하나는 '국가의 역할'입니다. 국가는 국민의 생명과 안전을 지킬 의무가 있

* **참화** 비참하고 끔찍한 재난이나 사고.

습니다. 이는 바꿔 말하면 국민의 생명을 위험에 빠뜨리는 국가는 존재 가치가 없으며, 언제든 국민의 힘으로 운영 책임자를 바꿀 수 있다는 의미입니다.

사실 《임진록》이 쓰인 조선 시대에는 그러지 못했지요. 임금은 절대적인 존재였어요. 아무리 무능한들, 그를 몰아내는 건 반역이었습니다.

하지만 지금은 다릅니다. 국가의 운영 책임자는 국민에 의해 선출됩니다. 그리고 권력을 위임받은 대표는 국민을 위해 일해야 합니다. 만약 그것이 제대로 되지 않을 땐 반드시 책임을 져야 합니다. '대한민국의 주권은 국민에게 있고, 모든 권력은 국민으로부터 나온다.'는 헌법 제1조 2항을 여러분도 기억했으면 합니다.

● 박진형

Part 1 │ 고전 소설 속으로

  고전을 아름다운 그림과 함께 담아냈습니다. 원전에 충실하면서도 어려운 단어를 최대한 줄이고 쉽게 풀이하여, 재미난 이야기를 마주하듯 술술 읽을 수 있도록 했습니다.

Part 2 | 물음표로 따라가는 인문학 교실

고전은 오늘의 우리를 비추는 거울이며, '인문학'을 담고 있는 그릇입니다. 이 책은 고전의 재미를 더하고, 우리 고전을 인문학적인 관점에서 바라볼 수 있도록 구성되었습니다.

● 고전으로 인문학 하기

고전 소설을 읽고 나면 머릿속에는 여러 질문들이 떠올라요. 물음표에 대한 답을 따라가 보세요. 배경지식이 쑥쑥 늘어날 거예요.

● 고전으로 토론하기

고전의 내용에 기반한 가상 대화가 이어집니다. '고전으로 토론하기'를 통해 다르게 생각하는 힘을 길러 보세요.

● 고전과 함께 읽기

함께 읽으면 더욱 좋은 문학, 영화, 드라마 등을 소개합니다. 비슷한 주제가 다른 작품에서는 어떻게 표현되었는지 살펴보고 생각의 폭을 넓히세요.

차
례

Part 1 | 고전 소설 속으로

일본은 전쟁을 생각하고 있지 않습니다 • 15

적의 기세가 드세니 신의 목숨도 어찌 될지 알 수 없습니다 • 23

평양으로 피하시고 군사를 모아 왜적을 막으소서 • 33

명나라에 군사를 청하는 것이 좋을 듯합니다 • 45

여러 사람이 힘을 합친다면 조선을 구할 수 있을 것이오 • 55

요동의 제독 이여송을 보내 조선을 구하소서 • 73

어찌 타국의 무지한 도적들에게 몸을 더럽히겠는가 • 83

신이 죽기 전까지 왜적은 감히 우리를 업신여기지 못할 것입니다 • 95

일본으로 쳐들어가 적을 소탕하고 왜왕을 베겠습니다 • 115

항복 문서를 올릴 테니 부디 용서하소서 • 127

Part 2 | 물음표로 따라가는 인문학 교실

1교시 **고전으로 인문학 하기** • 140

조선은 일본이 침략할 걸 몰랐을까?

《임진록》은 어떤 작품인가?

사람들은 왜 《임진록》을 쓰고 읽었을까?

《임진록》에는 왜 허구적 요소가 많을까?

2교시 **고전으로 토론하기** • 150

국가의 주인은 누구일까?

3교시 **고전과 함께 읽기** • 160

운문 〈선상탄〉 • 나라를 걱정하는 마음을 어찌 잊겠는가?

영화 〈대립군〉 • 진정한 리더가 되기 위해 필요한 건 무엇일까?

소설 《남한산성》 • 역사가 우리에게 주는 교훈은 무엇일까?

임진록

고전 소설 속으로

우리 고전 소설의
재미와 **감동**을
오롯이 느껴 봅시다.

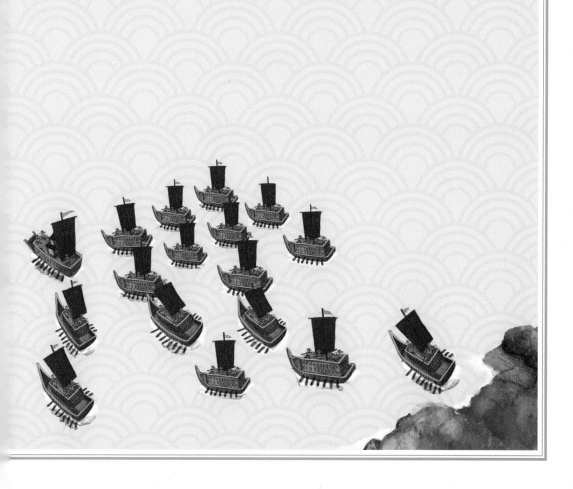

●

조선은 일본의 의도를 전혀 알지 못했다.

이백 년 동안 나라가 태평스러웠기에 모두가 전쟁을 잊고 있었다.

●

일본은 전쟁을
생각하고 있지 않습니다

조선의 동남쪽에 일본이라는 섬나라가 있다. 예전에 중국의 진 시황이 불사약을 구하려고 사람들을 보냈는데, 이들이 이곳에 정착해 왜(倭)라는 나라를 세우고 지금까지 온 것이다.

일본에 도요토미라는 해적이 있었다. 그는 중국 항주에서 노략질을 하다가 한 여인을 납치했다. 여인은 일본으로 끌려왔고, 열 달 만에 아들을 낳았다. 아이를 낳을 때 공중에서 용이 내려와 품 안으로 달려드는 길몽을 꾸었다.

아이는 용모가 비상했다. 용의 머리에 호랑이의 눈, 원숭이의 팔을 지녔으니 한눈에 봐도 영웅이 될 상이었다. 도요토미는 크게 기뻐하며 아이의 이름을 히데요시라고 지었다.

어느덧 히데요시가 일곱 살이 되었다. 그는 속으로 생각했다.

'이제 일본 땅 곳곳을 돌아보리라.'

그는 집을 떠나 산과 바다를 구경하다가 한 여인숙에 들었다. 그때 마침 마을의 관백*이 아이의 비범한 모습을 보고 물었다.

"너는 이름이 무엇이냐?"

"저는 도요토미 히데요시라 합니다."

"나는 이곳의 관백이다. 지금까지 자식이 없어 걱정이 많았는데, 오늘 너를 보니 하늘이 도운 것 같구나. 이제 내 아들이 되어 벼슬을 이어받고 출세하는 게 어떠냐?"

그 말을 들은 히데요시는 공손히 절을 했다.

"미천한 저에게 그런 은혜를 베푸시니 몸 둘 바를 모르겠습니다. 기꺼이 따르겠습니다."

관백은 무척 기뻐하며 히데요시를 데리고 궁으로 들어가 현재 일본의 상황에 대해 물었다. 히데요시의 대답은 흐르는 물처럼 막힘이 없었다. 관백은 그를 대견히 여기며 장군으로 삼았다.

이때 일본은 수많은 세력으로 나뉘어 있었다. 관백의 뒤를 이은 히데요시는 점점 세력을 키웠다. 그는 적들을 항복시켜 마침내 일

* **관백(關白)** 옛날 일본에서 왕을 대신하여 나라를 다스리던 벼슬아치.

본 전국을 통일했다. 그리고 왕을 허수아비로 만들고 모든 일을 제멋대로 했다. 어느 날 히데요시는 신하들을 불러 말했다.

"내 어찌 이 좁은 나라에 만족하겠느냐? 이제 백만 병사를 거느려 조선을 치고 명나라를 빼앗아 천하를 얻을 것이다."

그러자 한 신하가 아뢰었다.

"어딘가를 치려면 먼저 그곳을 알아야 합니다. 조선은 본디 지혜로운 이가 많은 곳이니 가볍게 여겨선 안 됩니다. 첩자를 보내 그곳 사정과 지리를 살핀 뒤 병사를 보내시는 게 좋을 듯합니다."

"옳은 말이다. 그러면 누가 조선에 다녀오겠느냐?"

그러자 여덟 명의 장수가 자신들이 맡겠다며 나섰다. 히데요시는 크게 기뻐하며, 이들에게 은자 삼천 냥을 주고 곧바로 떠나도록 명했다. 이들은 짐을 꾸리고 배를 타서 부산으로 넘어왔다.

"조선은 팔도이니, 우리가 하나씩 맡아서 형세를 살피자. 그리고 삼 년 뒤 이곳에서 다시 만나자."

이들은 장사꾼, 선비, 중 등으로 변장을 한 뒤 모두 흩어졌다.

한편 조선은 일본의 의도를 전혀 알지 못했다. 이백 년 동안 나라가 태평스러웠기에 모두가 전쟁을 잊고 있었다.

그러던 어느 날 하늘을 관측하던 관상감이 임금에게 말했다.

"아룁니다. 혜성이 하늘을 가로질러 갔습니다."

"그게 무슨 말이냐? 나라에 변란이 있을 것이란 말이더냐?"

임금이 놀라서 묻자 주위에 있던 신하들이 말했다.

"아뢰옵니다. 명나라가 무사하고, 황제께서도 조선을 극진히 대하는데 무슨 일이 있겠습니까? 너무 걱정 마옵소서."

"과연 그대들의 말이 옳도다."

임금은 신하들의 말에 안심했다.

하지만 나라에 괴변이 잇따랐다. 하얀색 무지개가 나타나 태양을 꿰뚫고, 강바닥이 순식간에 말라 버리며, 동해의 물고기가 서해에서 잡히곤 했다. 또한 호랑이가 성안으로 들어와 사람들을 해치고, 황해도 강물이 핏빛으로 변하더니 부글부글 끓어 물고기들이 죄다 죽었다. 기이한 일이 계속되자 민심은 점점 흉흉해졌다.

조헌(趙憲)이란 관리가 임금에게 상소를 올렸다.

"신이 비록 지식은 없지만 해괴한 일이 계속되니 조만간에 변란이 있을 것입니다. 서둘러 각 도에 군사를 보내 대비해야 합니다."

하지만 주위에 있던 다른 신하들이 반대했다.

"이런 태평스러운 시대에 조헌이 요망한 말을 만들어 민심을 어지럽히고 있습니다. 죄가 무거우니 그를 벌하소서."

임금은 신하들의 말을 옳다 여겨 조헌을 멀리 유배 보냈다.

한편 일본의 여덟 장수는 조선 팔도의 지리와 군사, 물자 등을 치밀하게 살핀 뒤, 일본으로 돌아가 낱낱이 보고했다. 히데요시는 크게 기뻐하며 이들에게 상을 내리고 전쟁을 준비했다. 또한 사신을 통해 조선에 국서(國書)를 보냈다.

조선은 우리 일본과 맞닿아 있다. 그러나 서로 교류가 없으니 이는 잘못된 일이다. 또한 우리가 중국과도 통하지 못하게 되었으니 더욱 옳지 않도다. 이제 조선은 일본과 친하게 지내고 일본 사신이 중국과 통하게 하라. 만약 그러지 않으면 조선은 큰 화를 당할 것이다.

이를 본 임금이 크게 걱정하자 한 신하가 말했다.

"사신을 보내 일본의 상황을 살피는 게 좋을 듯합니다."

임금은 김성일과 황윤길을 즉시 일본으로 보냈다. 둘은 일본으로 들어가 히데요시에게 국서를 전달했다. 그러자 히데요시는 거만한 태도로 말했다.

"우리가 중국과 통할 수 있도록 길을 열어라. 그렇지 않으면 조선을 가만두지 않겠다."

그러고는 사신들을 푸대접했다.

조선으로 돌아온 둘은 사실대로 말했다가 조헌처럼 민심을 어지럽혔다는 누명을 쓸까 봐 걱정되었다. 그래서 거짓 보고했다.

"일본은 전쟁을 생각하고 있지 않습니다. 부디 안심하소서."

●

활은 총의 상대가 되지 못했다.

왜적은 조총을 쏘면서 세 방향에서 조선군을 에워쌌다.

병사들은 우왕좌왕하다가 총탄을 맞고 픽픽 쓰러졌다.

　●

적의 기세가 드세니
신의 목숨도 어찌 될지 알 수 없습니다

임진년(1592년) 4월 13일이었다. 부산진 첨사 정발이 포졸을 데
리고 바닷가를 걷고 있었다.

"아니, 저기 보이는 게 뭔가?"

그는 바다 쪽을 가리켰다. 저 멀리서 검은색 무리가 점점 다가
오고 있었다. 자세히 살펴보니 왜선 수백 척이 바다를 새까맣게 뒤
덮고 있었다.

크게 놀란 정발은 부랴부랴 성으로 들어간 후 문을 굳게 닫았
다. 하지만 왜적은 곧바로 성을 포위하고 대포를 쏘며 총공격을 개
시했다. 정발은 온 힘을 다해 왜적을 막으려 했으나 결국 목숨을
잃고 말았다.

부산진성을 무너뜨린 왜적은 동래성을 향하여 나아가 포위하였다. 동래 부사 송상현은 성문을 굳게 닫고 지켰으나 적의 기세를 막을 수는 없었다. 성벽이 순식간에 무너졌고, 왜적들이 성안으로 들어오자 비명 소리가 이어졌다.

송상현은 옷을 갖추어 입고 임금이 있는 곳을 향해 통곡했다.

"신이 변방을 지키지 못하고 오늘 죽습니다. 한스러운 마음에 어찌 눈을 감겠습니까."

그는 손가락을 깨물어 시 한 수를 지었다.

외로운 성에 달무리 지니
큰 성벽을 지키지 못하도다
임금과 신하의 의리는 무거우니
부모보다 먼저 죽은 불효자를 용서하소서

송상현은 하인에게 시를 건네며 말했다.

"너는 이 글을 가지고 빨리 집으로 돌아가 난을 피해라."

그러고는 칼을 뽑아 들고 적과 맞서 싸우다가 죽었다.

동래성을 점령한 왜적은 울산과 밀양으로 군사를 나누어 계속 진격했다. 울산 역시 버티지 못하고 곧바로 함락당했고, 밀양 부사는 적들이 온다는 소식에 서둘러 도망쳤다.

왜적이 지나간 곳은 쑥대밭이 되었다. 적의 북소리와 함성은 천지를 뒤흔들었고, 백성들의 울음과 비명 역시 끊이질 않았다. 여기저기서 불길이 치솟았고 시체는 산더미처럼 쌓였으며, 흘린 피는 강물을 이루었다.

한편 조정에선 이런 사실을 전혀 모르고 있었다. 그러다가 4월 17일에 경상 좌수사의 장계*를 보고 동래성이 함락당했다는 사실을 알았다. 조정은 발칵 뒤집혔고, 임금은 서둘러 신하들을 불렀다.

"일이 급박하도다. 어서 도적을 막을 장수를 천거하라."

그러자 모든 신하들이 말했다.

"이일과 신립 장군이 지혜와 용맹을 갖추었습니다. 그러니 이 일에 적합할 것입니다."

임금은 즉시 이일을 경상도 순변사*로, 신립을 충청도 순변사로 임명했다.

이일은 먼저 경상도의 모든 수령들에게 격서*를 보내 군사를 이끌고 대구로 모이도록 지시했다. 하지만 수령들에겐 거느릴 군

---

* **장계(狀啓)** 신하가 중요한 일을 왕에게 보고하던 문서.
* **순변사** 왕명으로 군사에 관한 일을 맡아 나라의 경계를 순찰하던 특사.
* **격서** 급히 사람들에게 알리려고 여러 곳으로 보내는 글.

사가 없었다. 대부분 도망쳤기 때문이다.

'순변사가 오면 우리도 죽은 목숨이다.'

수령들 역시 이렇게 생각하며 제각기 살길을 찾아 도망쳤다.

이일은 밤낮으로 서둘러 내려갔다. 충청도 지방에 이르렀을 땐 남녀노소 할 것 없이 백성들이 피란을 떠나며 울부짖는 소리를 들었다. 경상도 지방에 들어서니 마을에는 아무도 없었다. 물도, 쌀도 없었기에 굶주림을 참아 가며 상주까지 내려갔다. 그곳 성안에 들어가니 수령이 홀로 앉아 있었다.

"어찌 군사가 아무도 없느냐? 내 격서를 받지 못했더냐?"

이일이 꾸짖자 수령은 몸을 벌벌 떨었다.

"아닙니다. 이제라도 군사를 모으겠으니 살려 주옵소서!"

이일은 그에게 서둘러 군사들을 모으도록 했다. 수령은 급히 나가 사람들을 모아 왔다. 하지만 겨우 팔백 명밖에 되지 않았고, 대부분은 창칼을 잡아 본 적도 없는 농부들이었다.

이일은 사람들을 이끌고 장천*에 진을 친 뒤 적의 동태를 살폈다. 잠시 후 총소리가 나더니 수많은 왜적이 몰려왔다.

"화살을 쏴라!"

* **장천** 경상북도 상주시 낙동면에서 북으로 흘러 낙동강에 드는 하천.

이일이 호령했지만 아무런 소용도 없었다. 다들 오합지졸인지라 덜덜 떨며 어쩔 줄 몰라 했다. 왜적은 더욱 승승장구하여 달려들었다.

"후퇴하라!"

이일은 말에 올라 서둘러 달아났다. 군사들 역시 뿔뿔이 흩어졌다. 왜적들이 바짝 뒤쫓자 이일은 채찍을 휘두르며 정신없이 도망쳤다. 그는 급히 산속으로 들어가 적을 따돌린 뒤, 패배한 사실을 장계로 올렸다.

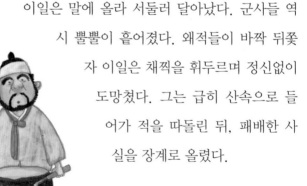

충청도 순변사 신립 역시 충주에 도착했지만 백성들 모두 피란하고 없었다. 그는 여러 고을을 돌아다니며 팔천 명의 군사를 모았다. 그리고 부하들과 함께 지형을 돌아보며 문경 새재*에 진을 치고자 했다.

그때 마침 경상도 순변사 이일이 패했다는 소식이 들려왔다. 그러자 신립은 탄금대* 앞으로 진영을 옮기겠다고 했다. 깜짝 놀란 부하들이 물었다.

"아니, 어찌 그런 곳에다가 진을 치려고 하십니까? 그곳은 뒤쪽이 강물로 막혀 있으니 바가지 속 파리와도 같은 형세입니다. 다시금 생각하소서."

"무슨 소리냐! 옛날에 한신은 조나라를 칠 때 배수진*을 활용해 크게 이겼다. 우리 군사들은 전쟁에 익숙하지 못하고 도망갈 마음

* **문경 새재** 경상북도 문경시와 충청북도 괴산군 사이에 있는 고개.
* **탄금대** 남한강이 옆으로 흐르는 충청북도 충주의 작은 산.
* **배수진** 강이나 바다를 등지고 치는 진.

만 많으니, 그곳에서 싸울 것이다."

"한신은 적의 허와 실을 파악한 뒤 계략을 써서 이겼습니다. 하지만 지금은 다릅니다. 만약 이기면 좋지만, 그렇지 않으면 한 사람도 살아남지 못할 것입니다."

"네 이놈! 어찌 전투를 앞두고 질 생각부터 하느냐!"

신립은 크게 화를 내며 부하들을 꾸짖고는 결국 진영을 탄금대로 옮겼다. 며칠 뒤 이일이 초췌한 모습으로 도착했다. 신립은 그를 반갑게 맞이하며 그간의 일을 묻고자 했다. 그런데 그때 군사 하나가 달려왔다.

"아룁니다. 적이 가까이 왔습니다!"

신립은 서둘러 바깥을 살폈다. 들판을 가득 메운 왜군은 뿌연 먼지를 일으키며 진격 중이었다. 그 모습을 본 병사들은 겁에 질려 사기를 잃었다.

"활을 쏴라!"

신립이 군사들에게 명령했다. 본인도 긴 창을 들고 말에 올라 적진으로 돌격했다. 하지만 활은 총의 상대가 되지 못했다. 왜적은 조총을 쏘면서 세 방향에서 조선군을 에워쌌다. 병사들은 우왕좌왕하다가 총탄을 맞고 픽픽 쓰러졌다. 신립 역시 적의 조총에 목숨을 잃었다.

이런 상황에서 이일은 겨우 길을 뚫고 달아났다. 그는 부여까지 도망친 뒤 지금까지 있었던 일을 써서 조정에 올렸다.

    패배한 장수 이일이 죽을죄를 무릅쓰고 아뢰옵니다. 신의 충성이 부족하고, 지략이 모자라 전군이 패하였으니 무슨 말씀을 올리겠습니까. 처음에 영남에서 대패하고 겨우 목숨을 보전해 충주의 신립에게 갔습니다. 탄금대에서 신립과 함께 왜적과 싸웠지만 군사들이 모두 죽고 신립 또한 목숨을 잃었습니다. 신은 부여로 몸을 피한 뒤 백성을 모아 도적을 막고자 합니다. 하나 적의 기세가 드세니 신의 목숨도 어찌 될지 알 수 없습니다. 적이 곧 도성에 다다를 것이니 방비하소서.

•

임금과 왕족, 조정 대신들은 어둠을 틈타 도성을 빠져나갔다.

이 모습을 본 백성들은 땅을 치며 통곡했다.

"아아, 저희를 버리고 어디로 가십니까!"

•

평양으로 피하시고
군사를 모아 왜적을 막으소서

　장계를 받은 임금은 깜짝 놀랐다. 믿었던 두 장수가 모두 패했다는 소식을 들은 신하들 역시 침통한 마음을 금치 못했다. 한 병사가 달려와 보고했다.

　"왜적이 벌써 용인에 도착했다고 합니다!"

　적이 점점 다가오자 모두들 갈팡질팡했다. 한 신하가 아뢰었다.

　"사태가 위급합니다. 어서 평양으로 옮기셔야 합니다."

　"아니, 어찌 도성을 버린단 말이오?"

　"곧 적이 들이닥칠 겁니다. 지금 형편으로선 떠날 수밖에 없습니다. 평양으로 피하시고 군사를 모아 왜적을 막으소서."

　결국 임금과 왕족, 조정 대신들은 어둠을 틈타 도성을 빠져나갔

다. 이 모습을 본 백성들은 땅을 치며 통곡했다.

"아아, 저희를 버리고 어디로 가십니까!"

검은 구름이 낮게 깔렸고 비가 내렸다. 임금 일행은 저녁이 되어 임진강에 다다랐다. 배를 타고 강을 건너니 다시 한밤중이 되었다. 동파역*에 도착하니 장단 부사가 약간의 음식을 갖추어 기다리고 있었다. 다들 꼬박 굶주린지라 서로 앞다투어 음식을 먹었다. 나중에 보니 임금이 먹을 것조차 남지 않았다.

"전하께 드릴 음식이 없으니 이를 어찌할꼬?"

장단 부사는 벌을 받을까 두려워하다가 달아나 버렸다.

날이 밝자 여러 신하들이 달아나고 없었다. 호위하는 병사들도 많은 수가 도망쳤다. 임금 일행은 무거운 몸을 이끌고 북쪽으로 이동했다.

개성을 지날 때는 백성들이 분노하며 큰 소리로 외쳤다.

"왜적을 막아야지 왜 여기까지 오셨습니까?"

"나라가 이 지경이 된 건 누구 탓입니까!"

일행은 여러 날 만에 평양성에 들어가 간신히 숨을 돌렸다.

한편 왜적은 군사를 네 갈래로 나누어 점점 올라오고 있었다. 한양을 지키던 부원수 신각이 말했다.

---

* **동파역** 경기도 파주에 있던 역으로, 조선과 중국의 사신이 오갈 때 말을 공급하던 곳.

"적들의 위세가 당당합니다. 얼마 남지 않은 군사들로 성을 지키다가 양식이라도 떨어지면 어찌할 것입니까? 차라리 성을 버리고 함경도로 들어가 군사를 모으는 게 나을 것입니다."

하지만 원수 이양원은 그 제안을 받아들이지 않았다. 그러자 신각은 속으로 생각했다.

'성을 버리고 달아나는 죄가 무거운 건 안다. 그러나 이 상황에서 어쩔 것인가? 차라리 다른 공을 세워 죄를 없애리라.'

그리고 한밤중에 몰래 성문을 열고 함경도로 달아나 버렸다.

한강을 지키던 도원수* 김명원은 밀려오는 적을 보며 두려움에 사로잡혔다. 어찌할 바를 몰라 하던 그는 무기와 화포를 물에 넣고 달아나 버렸다. 왜적은 아무런 피해도 입지 않고 한강을 건넌 뒤 성을 공격했다. 원수 이양원 역시 적병을 보고는 싸울 의지를 잃고 달아나 버렸다. 왜군 선봉장 고니시 유키나가는 한양을 점령한 뒤 본국에 편지를 보내 군사를 더 보내 줄 것을 요청했다. 히데요시는 크게 기뻐하며 이만 명의 병사를 보냈다.

"이미 적의 수도를 빼앗았고, 조선 왕은 평안도로 달아났다. 이제는 너희들 차례이다."

* **도원수** 전쟁이 났을 때 임시로 군대를 이끌던 최고 관직.

부산을 건너온 왜군은 즉시 북쪽으로 진격해 왔다. 이들이 지나는 마을은 모두 불탔고, 양식은 약탈당했으며, 죽은 백성들의 시체는 길거리 곳곳에 널브러졌다.

한양을 차지한 왜군은 진격을 멈추지 않았다. 왜군 총사령관 가토 기요마사가 고니시 유키나가에게 말했다.

"조선 왕이 이미 평안도로 달아났다. 그대는 병사를 거느리고 평양을 치라. 그러면 왕은 의주로 달아날 것이다. 군사를 나눠 서해를 돌아 압록강으로도 보낼 것이니, 조선 왕은 갈 곳이 없어 함경도로 달아날 것이다. 나는 미리 함경도에 매복하고 있다가 왕을 잡겠다. 그대는 서둘러 출병하라."

왜군은 평양과 서해, 함경도 쪽으로 다시 진군하기 시작했다.

한편 평양성에서는 임금이 신하들과 대책을 의논하고 있었다.

"한양에 있던 왜적이 이곳으로 출발했다고 합니다. 원컨대 전하는 미리 방비하소서."

임금은 신할을 대원수, 유극량을 부원수로 임명한 뒤, 왜적이 임진강을 건너지 못하게 막도록 지시했다. 둘은 임금에게 절을 한 뒤 부대를 이끌고 임진강으로 향했다. 그러자 한 신하가 아뢰었다.

"일전에 한양성을 지키던 부원수 신각을 벌하소서. 그가 원수의 명을 듣지 않고 도망갔기에 한양을 적에게 빼앗겼다고 합니다. 그

죄는 용서할 수 없으니, 선전관을 보내 머리를 베소서."

그 말을 들은 임금은 선전관을 보내 신각을 베도록 지시했다.

이때 신각은 함경도에서 병사들을 모아 남쪽으로 내려오며 전투를 치르고 있었다. 그는 목숨을 걸고 싸우며 왜적 육십여 명을 베었다. 승리를 거두고 도성으로 가던 그는 길 한복판에서 선전관을 만났다. 선전관은 그에게 어명을 전한 뒤 목을 베었다. 이에 군사들은 통곡하며 뿔뿔이 흩어졌다. 왜적 역시 지금까지 단 한 번도 패한 적 없는 신각의 죽음 소식을 듣고는 다행으로 여겼다.

한편 신각의 승전 소식을 들은 임금은 크게 기뻐하며 죄를 용서하라고 즉시 사람을 보냈다. 하나 며칠 뒤 이미 선전관에게 목이 베였다는 소식을 듣고는 크게 안타까워했다.

부원수 유극량은 임진강을 지키고 있었다. 왜적들이 총을 쏘며 강을 건너려 했지만, 유극량은 방패를 앞세우고 화살을 쏘며 적을 막았다. 깜짝 놀란 왜적들이 뒤쪽으로 물러나 작전 회의를 했다.

"우리가 후퇴하면 적은 분명 쫓아올 것이다. 그때 좌우 골짜기에 미리 매복해 있던 군사들과 일시에 치면 능히 승리할 것이다."

이에 왜적들은 도망가는 척하며 계속 진영을 뒤쪽으로 물렸다. 한편 대원수 신할은 왜적이 정말로 도망가는 걸로 알고 말했다.

"아마도 적이 군량이 다해 물러갔나 보오. 이제 밤을 틈타 공격하면 반드시 공을 세울 것이오."

하지만 유극량이 반대했다.

"왜적은 본래 간사한 족속입니다. 행여 간계가 있을지도 모르니 이곳을 굳게 지키는 게 좋을 듯합니다."

그러자 신할은 유극량을 꾸짖으며 말했다.

"아니, 어찌 어리석은 말로 부대의 사기를 떨어뜨리는가? 앞으로 내 명령을 어기는 자는 당장 벨 것이다."

유극량이 감히 다시 말하지 못하고 어쩔 수 없이 출전 준비를 했다. 신할은 한밤중에 부대를 이끌고 강을 건넜다. 하지만 적은 온데간데없었다.

"하하! 녀석들이 더 깊숙이 후퇴했구나. 이 기회에 아주 혼쭐을 내 주마."

신할은 부대를 이끌고 삼십 리 가까이 들어갔다. 그때 갑자기 포탄 소리가 나더니 골짜기 좌우에서 왜적들이 몰아쳤다.

"적이다! 적이 몰려온다!"

"후퇴하라! 후퇴하라!"

깜짝 놀란 신할은 급히 강가로 군사를 돌렸다. 하지만 이번에는 배가 없었다. 우왕좌왕하며 어쩔 줄 몰라 하던 조선 군사들은 왜적들의 공격에 속수무책이었다. 창에 찔려 죽고, 칼에 베여 죽고, 조총에 맞아 죽고, 서로 짓밟혀 죽고, 물에 빠져 죽는 자가 속출했다.

신할 역시 좌충우돌하며 적군을 헤쳐 가다가 탄환에 맞아 죽고 말았다. 유극량은 하늘을 바라보며 탄식했다.

"아아, 대원수가 내 말을 듣지 않고 이렇게 패하였으니 누구를 탓하겠는가."

그는 언덕 위에 올라 왜적에게 활을 쏘았다. 하지만 화살이 금세 떨어졌다.

"내 어찌 도적에게 욕을 당하리오."

유극량은 검을 뽑아 스스로 목을 찔러 죽었다. 임진강에 남아 있던 조선 군사들은 패전 소식을 듣고 평양으로 물러났다.

왜군은 임진강을 건너 두 갈래로 진격했다. 한쪽은 북도*로 가고, 다른 한쪽은 평양으로 향했다.

북병사* 한극함은 왜적의 접근 소식을 듣고 수비에 나섰다. 그는 병사들에게 방패를 몸에 붙이고 화살을 쏘도록 했다. 또한 직접 기마병을 데리고 적진으로 돌격했다. 그 기세에 깜짝 놀란 왜적은 잠시 물러났다.

의기양양해진 한극함은 후퇴하는 적을 쫓아 계속 앞으로 나아

* **북도** 경기도 북쪽에 있는 도(道). 곧 황해도·평안도·함경도를 이름.
* **북병사** 함경도의 북병영에 둔 병마절도사. 병마절도사는 각 도의 육군을 지휘하던 사령관임.

갔다. 한편 북도로 향했던 왜군은 방향을 바꿔 한극함의 뒤쪽으로 다가왔다. 왜군이 앞뒤에서 협공을 하자 깜짝 놀란 조선군은 제대로 싸워 보지도 못하고 무너졌다.

한극함은 패잔병을 모아 반격을 시도했지만, 적의 공격은 끝이 없었다. 결국 한극함은 말을 타고 함흥으로 달아나 버렸다. 이제 왜적은 거칠 것 없이 평양으로 진격해 왔다.

이때 임해군과 순화군 두 왕자는 함경도 회령에 있었다. 그런데 회령읍의 아전 국경인이 나쁜 마음을 품고 동료들에게 말했다.

"조선은 일본에게 먹힐 것이다. 떨어지는 해를 기다리기보단 떠오르는 새 달을 쫓는 게 낫지 않겠나? 우리가 두 왕자를 잡아 일본에 투항하면 큰 상을 받을 것이다."

그리고 두 왕자의 숙소로 들어가 거짓으로 아뢰었다.

"적이 벌써 이곳에 이르렀다고 합니다. 서둘러 산으로 피하소서."

깜짝 놀란 두 왕자는 성문을 나와 산으로 향했다. 이미 날은 저물었고, 두 왕자는 국경인을 따라가다가 연못에 빠지고 말았다. 그러자 매복해 있던 자들이 달려 나와 두 왕자를 묶고 왜적에게 투항했다. 왜군 총사령관 가토 기요마사는 크게 기뻐하며 국경인에게 벼슬을 주고 상을 내렸다.

·

임금이 떠나는 것을 안 백성들이 몰려나와 웅성거렸다.

"우리를 버리고 어디로 가려 하느냐?"

그러고는 막대기를 휘두르며 돌을 던졌다.

·

명나라에 군사를
청하는 것이 좋을 듯합니다

왜군 선봉장 고니시 유키나가는 평양 근처에 진을 치고, 본국에
더 많은 군사를 요청했다. 이 사실을 안 조선에서는 또다시 격론이
펼쳐졌다. 체찰사* 유성룡이 임금에게 아뢰었다.

"적이 이곳까지 다가와 원병을 요청한 건 평양성을 함락하기 위
해서입니다. 하오니 서둘러 의주로 몸을 피하시고 명나라에 사자
를 보내 도움을 청하소서."

"상황이 이러하니 어쩔 수 없구나."

임금은 도원수 김명원과 좌의정 윤두수에게 평양성을 지키도록

---

* **체찰사** 외적이 침입하거나 내란이 일어난 비상시에 설정하는 임시 직책으로, 전시 총사령관임.

한 뒤, 다른 신하들과 함께 길을 나섰다. 한편 임금이 떠나는 것을 안 백성들이 몰려나와 웅성거렸다.

"우리를 버리고 어디로 가려 하느냐?"

그러고는 막대기를 휘두르며 돌을 던졌다. 깜짝 놀란 평안 감사 가 군사를 호령해 몇몇 사람들을 잡아들이자 다들 흩어졌다. 임금 일행은 이 틈을 타 성을 빠져나왔다.

날씨는 내내 궂었다. 임금 일행이 청천강을 건널 땐 큰 바람이 일더니 비가 쏟아졌다. 강물이 넘실거렸고, 다리는 끊겼다. 물을 건너다 빠져 죽은 군사도 오륙십 명이나 되었다.

임금 역시 물속에서 허우적댔다. 이때 한 사람이 급히 달려들어 임금을 서편 언덕으로 모셨다. 정신을 차린 임금은 그를 칭찬하며 이름을 물었다.

"소인은 황해도 재령에 사는 최운측이라 합니다."

임금은 그를 기특히 여기며 박천 군수 벼슬을 내렸다. 임금 일 행이 박천 고을에 들어 잠시 휴식을 취할 때 함경도 감사가 울며 달려왔다.

"아뢰옵니다! 회령읍 아전 국경인이 불측한 흉계를 내어 두 왕 자를 왜놈들에게 넘겼습니다. 길에서 들으니 왜놈들이 두 왕자를 일본으로 보낸다고 합니다."

"뭣이라고? 아아, 그게 말이 되는 소리더냐!"

임금은 깜짝 놀라며 통곡을 금치 못했다.

이때 고니시 유키나가는 대동강 아래쪽에 일자진*을 쳤다. 김명원과 윤두수는 성벽에 올라 적들을 바라보며 말했다.

"도적이 가까이 왔다. 곧 결전이 있을 것이니 이곳을 굳건히 지키리라."

며칠 뒤 왜적이 강 쪽으로 다가오자 조선군은 북을 울리며 화포를 쏘았다. 백성들도 창과 칼을 든 채로 성벽에 서서 소리 질렀다. 이에 왜적은 감히 가까이 오지 못했다.

이렇게 이십여 일이 지났다. 평양성을 함락시키지 못하자 적들이 의논했다.

"평양성은 견고해서 공격하기 쉽지 않은 곳이오. 게다가 우리는 배가 부족해 대동강을 건널 수 없소. 그러니 길을 돌아 압록강 쪽으로 갑시다. 그리고 그곳에서 조선 왕을 사로잡아 항복을 받아 냅시다."

한편 김명원은 계책을 생각한 뒤 장수들을 불러 모았다.

"적들이 이십여 일이나 공격하지 않는 건 지원병을 기다리고 있기 때문일 것이다. 그러니 지원병이 오기 전에 밤을 틈타 기습해야

---

* **일자진(一字陣)** '一(일)' 자 모양으로 좌우로 길게 늘어선 진형.

겠다."

그러고는 부하들에게 적진을 기습하도록 명령을 내렸다. 그날 밤 조선군은 능라도*를 건너 적진에 도착했다. 왜적들은 이미 깊이 잠들어 있었다. 조선군은 일시에 고함을 지르며 달려들었고, 놀란 왜적들은 죽임을 당하거나 사방으로 도망쳤다.

"성공했구나! 어서 마무리하고 돌아가자."

조선군은 적들의 말 백여 필을 빼앗은 뒤 다시 강 쪽으로 돌아갔다. 그런데 갑자기 대포 소리가 진동하더니, 왜군들이 사방에서 달려들었다. 옆 진영에 있던 왜군들이 소식을 듣고 공격한 것이다.

"적이다! 적이 나타났다!"

당황한 조선군은 서둘러 강가로 달려가 배에 오르고자 했다. 하지만 적이 너무 가까워 배에 오르지 못했고, 대부분 물에 빠져 죽었으며 일부만이 왕성탄* 쪽으로 도망쳐 강을 건넜다.

"이곳 강물은 아주 얕구나! 이쪽으로 건너라!"

왕성탄의 존재를 알게 된 왜적들은 걸어서 강을 건넌 뒤 곧바로 평양성으로 향했다. 성을 지키던 김명원과 윤두수는 기습 실패 소

---

* **능라도** 평안남도 평양시 대동강에 있는 섬.
* **왕성탄** 대동강 능라도 근처에 있는 여울. 깊이가 아주 얕기에 도보로도 건널 수 있음. 여울은 강이나 바다 등의 바닥이 얕거나 폭이 좁아 물이 세게 흐르는 곳임.

식을 듣고는 깜짝 놀라 달아났다. 왜적은 별다른 저항 없이 평양성으로 들어올 수 있었다.

김명원과 윤두수는 임금이 머무는 곳으로 달려가 평양성의 함락 소식을 알렸다.

"어찌 그럴 수가 있단 말이냐!"

임금은 크게 놀라 소리쳤다.

"이럴 때가 아니옵니다. 서둘러 움직이셔야 합니다."

이에 임금 일행은 가산과 정주, 선천을 거쳐 마침내 의주에 이르렀다. 임금은 통군정*에 올라 한양 쪽을 바라보며 울부짖었다.

"아아…… 이백 년 대업을 버리고, 조선 팔도 삼백여 마을을 전부 왜놈들의 손에 넘겼으니 이제 어디로 가리오."

그 모습을 본 신하들도 눈물을 흘리며 아무 말이 없었다.

임금은 봉황성*에 글을 써서 보냈다.

조선 국왕은 삼가 긴박한 글을 보냅니다. 국운이 불행하여 백성들이 왜놈에게 죽고 가족들과도 헤어지게 되었습니다. 무덕한 이 몸이 외로운

---

* **통군정** 평안북도 의주 압록강 기슭에 있는 정자.
* **봉황성** 중국 요동에 있는 성. 여기에는 봉성 장군이 있어 우리나라 사신의 출입과 연락 사무를 맡아 보았다.

변방에 이르러 의주성에 의탁하였으니 안타까운 일이 아니겠습니까. 원컨 대 남은 신민을 거느리고 명나라로 들어가길 원하나니 이 뜻을 감히 황제 께 전해 주시길 바라나이다.

봉성 장군은 이 글을 즉시 황제에게 보냈다. 한편 유성룡과 이 항복이 임금에게 아뢰었다.

"글은 갔으니 다시 사신을 보내 군사를 청하는 것이 좋을 듯합 니다."

임금이 이를 허락하자 다시 조선의 사신이 압록강을 건너 명나 라 조정으로 향했다. 사신은 명나라 황제에게 그동안의 사연을 자 세히 설명했다. 구원을 요청하는 그 간절함에 명나라 신하들도 안 타까움을 금치 못했다. 이윽고 황제가 말했다.

"요동이 조선과 붙어 있으니 요동 병사들을 파병해 조선을 구하 도록 하라."

이리하여 명나라 장수 조승훈이 오천 명의 군사를 이끌고 조선 으로 향했다.

때는 임진년 칠월이었다. 명나라 군사들이 압록강을 건너 의주 에 이르니 임금이 몸소 나와 조승훈에게 감사의 뜻을 나타냈다.

"대장군께선 힘을 다해 왜적을 무찌르고 대국의 위엄을 나타내 소서."

"아무런 걱정 마시오. 적들을 금방 소탕하겠소."

조승훈은 곧바로 평양으로 향했다. 성문에 이르렀지만 적은 어디에도 보이지 않았다.

"우리가 오는 줄 알고 왜놈들이 모두 도망갔구나."

조승훈은 군사를 이끌고 곧바로 성안으로 들어갔다. 그런데 잠시 후 불화살이 하늘로 솟아오르며 사방에서 고함이 일더니 수많은 복병이 달려들었다.

"아니, 놈들이 성안에 숨어 있었구나!"

명나라 군사들은 혼란 속에 허둥지둥하며 성문으로 되돌아왔다. 하지만 이미 문은 굳게 닫혀 있었다. 뒤에서는 적의 총탄이 비 오듯 쏟아졌다.

"달아날 곳이 없습니다!"

"으악! 사람 살려!"

말 그대로 아비규환이었다. 조승훈은 서둘러 남은 군사를 이끌고 성벽을 넘어 밖으로 도망쳤다. 설상가상으로 삼 일 내내 큰비가 내렸다. 많은 명나라 군사들이 추위를 견디지 못해 얼어 죽었다. 조승훈은 얼마 남지 않은 부대를 거두어 요동으로 돌아가 버렸다.

•

전라 좌수사 이순신은 전쟁이 일어날 것을 대비해 군사를 훈련시키고
배 사십 척을 새로 만들었다. 뱃머리는 거북 머리 모양을 본떠 만들고,
배 위에는 쇳조각을 입혔다. 이름을 '거북선'이라 했다.

•

여러 사람이 **힘을 합친다면**
조선을 구할 수 있을 것이오

임금은 명나라의 패전 소식을 듣고 얼굴이 창백해졌다. 게다가 남은 군사들마저 요동으로 돌아가자 어쩔 줄 몰랐다.

한편 신하들은 전국 곳곳을 다니며 인재를 구했다. 한명현은 영남 사람으로 난리가 나자 적병 백여 명을 베고 임금이 계신 곳으로 오다가 등용되었다. 또한 용맹함으로 이름을 떨쳤던 김응서는 부친상 중이었지만 서둘러 군에 합류했다.

나라가 망할 위기에 처하자 사람들은 필사 항전의 각오로 반격을 시작했다. 경상도 순변사 이일은 군사를 이끌고 평양으로 향했다. 평양 어귀에 이르렀을 때 드디어 왜적을 만났다. 한명현이 한 가지 계책을 내놓았다.

　　"제가 일부를 거느리고 골짜기 좁은 길을 돌아 적을 공격하겠습
니다. 장군께선 이쪽에서 곧바로 공격하십시오. 이렇게 앞뒤로 협
공하면 적에게 큰 피해를 줄 것입니다."

　　이일은 옳다 여겨 고개를 끄덕였다. 해 질 녘이 되자 한명현과
이일은 앞뒤에서 적을 공격했다. 깜짝 놀란 왜적은 저마다 목숨을
구하려고 사방으로 달아났다. 조선군은 왜적 수백 명을 베고 평양
성 십 리 밖까지 왔다. 오랜만에 이룬 승리였다.

　　하루는 김응서가 영의정 이원익에게 아뢰었다.

"제가 오늘 밤 평양성에 몰래 들어가 적장을 베어 오겠습니다."

이원익이 이를 허락하자 김응서는 한밤중에 성벽을 올랐다. 응서는 문 앞에서 졸고 있던 왜적을 벤 뒤, 적장의 막사로 가까이 다가갔다. 그곳에는 등불만 켜져 있고 아무런 인기척이 없었다. 마침 한 기생이 밖으로 나오다가 응서를 보고 깜짝 놀랐다.

"그대는 어떤 사람이기에 이런 위험한 곳에 들어왔소?"

"나는 조선의 장수이다. 적장을 죽이고 나라를 되찾으려 한다. 너 또한 조선 사람이니, 적장이 어디 있는지 알려 다오."

그러자 기생이 말했다.

"왜군 장수는 조심성이 많은 사람입니다. 그는 잘 때도 눈을 뜨고 자고, 네 귀퉁이에 방울이 달린 모기장을 걸어 놓고 잠이 듭니다. 행여나 누군가 방울을 울리면 옆에 둔 칼이 스스로 움직여 침입자를 죽이지요."

"그럼 어떻게 해야 하는가?"

"제가 먼저 들어가 왜군 장수가 잠들기를 기다렸다가, 방울을 솜으로 막고 나오겠습니다. 그 후에 들어가소서."

기생은 막사 안으로 들어가더니, 잠시 후 손짓을 했다. 응서가 안으로 들어가자 적장은 옆에 칼을 둔 채 잠들어 있었다. 응서가 적장의 목을 베자, 갑자기 그의 몸이 벌떡 일어서더니 칼을 휘두르기 시작했다. 응서는 막사 밖으로 급히 몸을 피했다. 그러자 기생이 울면서 말했다.

"장군께선 소녀를 이대로 버리고 가시렵니까?"

응서가 기생을 가엽게 여겨 데리고 나오는데, 상황을 눈치챈 왜적들이 달려들었다. 응서는 적을 계속 베었으나 여인을 업고 싸우는 데에는 한계가 있었다.

"저 여자를 먼저 죽여라."

적병이 하나 달려들어 기생을 베었다.

"아…… 저는 여기까지인가 봅니다. 장군께선 먼저 가소서."

기생의 죽음을 보자 응서는 슬픔과 분노로 가득 차올랐다.

"도저히 용서할 수 없다! 네 이놈들!"

그는 적병에게 칼을 휘둘렀다. 적이 하나씩 하나씩 눈앞에서 쓰러지자 나머지는 모두 놀라 도망쳤다. 응서는 왜적 수십 명을 더벤 뒤에야 성벽을 내려왔다.

한편 전라 좌수사 이순신은 전쟁이 일어날 것을 대비해 군사를 훈련시키고 배 사십 척을 새로 만들었다. 뱃머리는 거북 머리 모양을 본떠 만들고, 배 위에는 쇳조각을 입혔다. 좌우에 벌집 모양으로 구멍을 뚫어 이곳으로 화살과 포를 쏘게 했으며, 이름을 '거북선'이라 했다.

전쟁이 일어난 지 얼마 후 경상 우수사 원균이 왜적에게 크게 패했다. 그는 이순신에게 구원을 요청했고, 순신은 배를 이끌고 경상도 바다로 나아갔다. 이윽고 견내량에서 왜선을 만나게 되었다.

"이곳은 물이 얕고 좁아 전투를 벌일 곳이 아니다. 큰 바다로 나가 싸우면 우리에게 유리할 것이니 적을 유인하라."

이순신은 적과 두어 번 싸우다가 패한 척하며 큰 바다로 배를 돌렸다. 그러자 왜적들이 외쳤다.

"겁을 먹고 도망치는구나!"

그러고는 곧바로 추격을 시작했다. 큰 바다에 이르자, 이순신은 곧바로 배를 돌린 뒤 왜선을 향해 불화살을 쏘았다. 갑작스런 공격

에 왜적들은 크게 당황했다. 이순신은 이 기회를 놓치지 않았다.

"적이 사정거리*에 들었다. 화포를 쏴라!"

거북선에서 일시에 화포를 발사하자 왜선들이 불타오르기 시작했다. 이날 왜선은 스물여섯 척 전부가 불타거나 침몰했다. 물에 빠져 죽은 자도 일만 명에 이르렀다. 반면에 조선의 전함은 단 한 척도 잃지 않았다.

하나 기쁨도 잠시뿐이었다. 그날 저녁, 슬픈 소식이 전해졌다.

"임금께서 도성을 버리고 평양으로 떠나셨답니다."

왜적들은 곧바로 반격해 왔다. 그러나 이순신의 위용을 넘을 수는 없었다. 거북선과 부딪친 왜선은 박살 났고, 총알 역시 거북선의 철갑을 뚫지 못했다.

한번은 어디선가 날아온 총탄에 이순신이 어깨를 맞았다. 적을 무찌른 뒤 본진으로 돌아와 확인해 보니 총탄이 어깨 깊숙이 박혀 있었다. 이순신은 술을 다섯 잔 마신 뒤 의원을 불렀다. 의원이 칼로 총탄을 긁어내는 동안, 이순신은 평소처럼 웃으며 이야기를 나누었다. 이를 본 사람들은 놀라움을 금치 못했다. 부하들이 몸을 눕히고 쉴 것을 권유하자 이순신이 말했다.

"지금은 전쟁 중이다. 조그마한 상처에 어찌 두려워하겠느냐.

---

* **사정거리** 탄알, 포탄, 미사일 등이 발사되는 곳에서부터 떨어지는 곳까지의 거리.

다시는 그런 말을 하지 말라."

그러고는 한산도로 나아가 진을 치고 경계 태세를 유지했다.

하루는 이순신이 병사들의 훈련을 시키다가 깜빡 낮잠이 들었다. 그런데 꿈에 한 노인이 나와 말했다.

"장군은 어찌 그리 잠들었는가? 곧 도적이 올 것이니 어서 방비하라. 나는 이 바다를 지키는 신령이니라."

깜짝 놀라 눈을 뜨니 벌써 밤이었다. 이순신은 북을 울려 군사들을 집합시켰다.

"곧 적이 쳐들어올 것이다. 마침 동남풍이 부니 우리에게 승기가 있다. 무기를 갖추고 출동 준비를 하라."

잠시 후 정말로 왜선 백여 척이 몰래 다가왔다. 하지만 기다리고 있던 이순신이 깃발을 흔들자 넓게 퍼져 있던 조선 전함이 학이 날개를 접듯 왜선을 포위해 갔다.

"쏴라!"

이순신의 호령에 모든 배가 일제히 대포를 발사했다. 기습에 실패한 왜적들은 당황하며 급히 뱃머리를 돌렸다. 하지만 서로 엉겨 붙어서 충돌이 계속되었다.

"퇴로를 막아라! 본진 앞으로!"

거북선이 앞으로 나와 왜선들 사이를 헤집고 다녔다. 전투가 끝났을 때, 바다 위에는 불타고 부서진 왜선들로 가득했다. 이때부터 왜적들은 조선 수군의 무서움을 알고 함부로 덤비지 못했다.

왜군들은 함경도까지 올라와 수많은 백성을 죽이고 식량을 약탈했다. 하지만 아무도 이를 막을 수는 없었다.

한편 북평사* 정문부는 왜적을 피해 백두산에 숨었다. 그는 의병을 일으키고자 했지만 사람이 없어 탄식만 할 뿐이었다.

* **북평사** 조선 시대 함경도 병마절도사(북병사)의 보좌관.

'혹시나 산속으로 피란한 사람이 있을지 모른다.'

정문부는 백두산 곳곳을 찾아다녔다. 그러다가 문득 희한한 광경을 보았다. 수백 명의 사람들이 소를 잡고 술을 마시며 잔치를 벌이는 것이었다. 정문부는 그들에게 다가가 인사한 뒤 말했다.

"나는 북평사 정문부라 하오. 현재 왜적들은 도성을 차지하고 백성들을 해치고 있소. 의주로 피란하신 임금께서도 나라를 걱정하며 매일 통곡하신다오. 세상이 난리인데 어찌 이런 잔치를 벌인단 말이오?"

그러자 아무도 말이 없었다. 정문부가 계속 이어 나갔다.

"나는 나라를 위해 충성을 다할 사람을 찾고 있었소. 오늘 이곳에서 그대들을 만난 건 하늘의 뜻 아니겠소? 여러 사람이 힘을 합친다면 조선을 구할 수 있을 것이오."

그러자 사람들은 크게 감동하여 함께하기로 뜻을 모았다. 정문부는 글을 지어 읽었다.

조선 함경도 북평사 정문부 등이 삼가 하늘에 고합니다. 국운이 불행해 오랑캐가 조선 예의지국을 침략하니 어찌 분하지 않습니까. 이제 진실한 마음으로 나라를 위해 한 몸 바치고자 합니다. 부디 우리를 도우소서.

이들은 큰 깃발에 '의병장 정문부'라 적고, 갓에는 '충성 충(忠)'

자를 써서 둘렀다. 그러고는 사람들을 모아 회령으로 나아갔다. 한편 그곳을 점령하고 있던 왜군 장수는 사람들의 모습을 보고 깜짝 놀랐다.

"아니 이럴 수가! 조선 병사들이 전부 이곳으로 왔구나!"

그는 말을 타고 도망치려 했지만 병사에게 잡혀 죽임을 당했다. 정문부는 회령을 되찾은 뒤 각 고을에 격문을 보냈다.

의병장 정문부는 십만 충의지사(忠義之士)와 함께 함경도를 되찾고자 한다. 이 격문을 본 자는 우리와 뜻을 함께하라.

정문부가 보낸 격문은 널리 퍼져 나갔다. 인근 마을에서는 날마다 수많은 사람들이 모여들었다. 두 왕자를 왜군에게 넘긴 국경인 역시 잡혀 죽임을 당했다. 정문부는 관군과 힘을 합쳐 함흥성을 되찾은 뒤, 창고를 열어 굶주린 백성들에게 쌀을 나눠 주었다.

경상남도 의령에는 곽재우라는 이가 있었다. 그는 비록 과거에 급제하지 못했지만 지혜롭고도 용감했다. 전쟁이 나자 그는 사람들에게 말했다.

"왜군이 쳐들어왔는데 관리들은 달아나기 바쁘오. 우리 고을은 스스로 지켜야 하지 않겠소?"

곽재우는 의병 수백 명을 모아 골짜기에서 몰래 훈련시켰다. 그리고 때를 기다려 왜군을 치기로 했다. 당시에 왜군은 배를 통해 육지로 식량을 날랐는데, 그는 이 점을 놓치지 않았다.

어느 날 밤 의병들은 강의 여울 밑에 말뚝을 잔뜩 박아 놓았다. 한편 그 사실을 모르고 이동하던 왜군의 배는 말뚝에 걸려 서로 부딪히고 뒤집혔다.

"이때다! 쏴라!"

곽재우의 명령에 의병들이 일제히 화살을 당겼다. 물에 빠져 허우적대던 왜군들은 화살에 맞아 목숨을 잃었다.

이 소식이 전해지자 사람들이 너도나도 싸우겠다고 몰려와, 곽재우를 따르는 의병은 수천 명에 이르렀다. 곽재우는 항상 붉은색 옷을 입고 싸워 홍의(紅衣) 장군으로 불렸다.

광주의 김덕령 역시 유명했다. 그는 의병들에게 다섯 색깔의 옷을 입힌 뒤, 전라도와 충청도를 경계하게 했다. 김덕령은 적을 만나면 도술을 부렸다. 평지에서 재주를 넘고, 말 위에 거꾸로 서며, 몸을 날려 공중으로 올라갔다가 빙글 돌아 내려왔다. 왜적들은 이들의 화려한 옷과 기이한 재주를 보며 놀라움을 금치 못했다. 그러고는 덕령의 의병을 만나면 매번 도망가기 일쑤였다.

●

"명나라 군사가 물러가면 왜군을 몰아내지 못할 것입니다.

전하께선 어서 통곡하소서."

임금은 큰 목소리로 울음을 터뜨렸다.

●

요동의 제독 이여송을 보내

조선을 구하소서

　조승훈이 돌아간 뒤, 명나라로부터 아무런 소식이 없었다. 임금은 크게 걱정하며 이덕형을 명나라로 보냈다. 그는 황제 앞에 엎드려 눈물을 흘렸다.

　"왜놈들의 침략을 받아 조선 백성들이 지금도 죽어 가고 있습니다. 다들 통곡하며 오직 명나라의 구원병만 기다리고 있습니다. 황제 폐하께선 덕을 내리시어 조선에 군사를 보내 주소서. 그리하여 왜적을 무찌르고 무고한 백성들의 목숨을 살려 주소서."

　하지만 황제는 고개를 저었다.

　"일전에 짐은 조선으로 구원병을 보냈다. 하나 조선이 군량을 대지 못해 군사들이 굶주리다가 패했다는구나. 너희의 사정은 안타깝지만 무엇으로 군사를 먹이겠느냐? 우리 또한 몇 년째 흉년이 계속돼 식량이 넉넉지 않다. 조금 더 생각해 볼 테니 일단은 기다려라."

이덕형은 어쩔 수 없이 물러나 식음을 전폐하고 눈물만 흘렸다. 이렇게 몇 개월이 지났지만 명나라 조정에서는 이렇다 저렇다 말이 없었다.

그러던 어느 날 황제가 꿈을 꾸었다. 한 여인이 볏단을 머리에 이고 서해 바다를 건너와 황제를 밀치는 것이었다. 황제는 깜짝 놀라 자리에서 일어났다.

'사람 인(人) 자에 벼 화(禾), 그리고 벼 화 아래 계집 녀(女) 자이니 이는 왜국 왜(倭) 자라. 왜적이 명나라를 침범할 뜻이로다.'

이내 또 졸음이 몰려와 잠들었는데, 문득 공중에서 번개가 세 번 치더니 하늘에서 한 장수가 내려왔다. 이를 괴이하게 여긴 황제가 물었다.

"그대는 어떤 사람이기에 이곳에 왔느냐?"

"소장은 촉한의 관우 운장*이라 합니다. 옥황상제의 명으로 외

---

* **운장** 관우의 자(字). 자는 본이름 외에 부르는 이름이다. 관우는 삼국 시대 촉한의 장수로 유비, 장비와 의형제를 맺음.

로운 넋을 조선에 의지해 살고 있습니다. 지금 조선은 바람 앞의 등불처럼 위태로운 상황입니다. 황제께선 덕을 베풀어 군사를 보내고 조선을 구하소서."

"짐 역시 조선을 구하고자 하나 대장으로 나갈 사람이 없어서 근심이노라."

"요동의 제독 이여송이 지혜로움과 용맹함을 갖추었습니다. 그러니 그를 대장으로 보내 조선을 구하소서."

말을 마치자 갑자기 바람이 불고 안개가 끼더니 관우가 사라져 버렸다. 꿈에서 깬 황제는 마음을 정하고 이덕형을 불러 말했다.

"우리나라에 흉년이 들고 전염병마저 돌아 쉽지 않은 상황이다. 하지만 너의 충성에 어찌 감동하지 않겠느냐? 이제 군사를 보내 조선을 구하고자 하니, 너는 서둘러 고국으로 돌아가도록 하라."

이덕형은 눈물을 흘리며 황제에게 절한 뒤, 곧바로 의주로 돌아와 임금에게 이 사실을 아뢰었다. 임금은 황제의 은혜에 깊이 감사하며 구원병을 맞을 준비를 했다.

황제는 곧바로 조서*를 내렸다. 요동 제독 이여송을 대장으로 한 십만 병사가 봉황성에 이르렀다. 임금은 크게 기뻐하며 병조 판

---

* **조서** 임금의 명령을 일반에게 알릴 목적으로 적은 문서.

서 이항복을 보내 구원병을 맞이하게 했다.

이항복과 이여송이 압록강을 건널 때였다. 마침 북쪽 하늘로 해오라기 한 마리가 날아가고 있었다. 말에 타고 있던 이여송은 하늘을 향해 활을 높이 들더니 말했다.

"제가 황제의 명을 받아 왜적을 치고 조선을 구하고자 합니다. 만일 공을 이룬다면 해오라기를 맞히고, 그렇지 못하면 맞지 않게 하소서."

그는 공중을 향해 시위를 당겼다. 화살은 쏜살같이 날아가 해오라기를 맞혔다. 이여송은 크게 기뻐하며 군사를 재촉해 강을 건넌 뒤 통군정에 자리 잡았다.

"대군이 강을 건넜으니, 조선은 앞장서서 길을 안내해야 할 것이다. 그대들은 무슨 준비를 하였는가?"

그러자 이항복은 즉시 지도를 꺼내 이여송에게 건넸다. 이여송은 지도를 천천히 살펴본 후 크게 칭찬했다.

"조선의 국운이 불행해 왜란을 만났지만, 그대 같은 인재가 있으니 나라가 망하지는 않을 것이네."

그러고는 계속 말했다.

"내 조선 왕을 한번 보고자 하노라."

그러자 이항복이 뭐라 하기도 전에 밖에서 사람들이 들어와 알렸다.

"조선의 임금이 도착했습니다."

이여송은 의자에서 내려와 인사를 한 뒤, 임금을 쳐다보았다. 하지만 선조의 얼굴에는 제왕(帝王)의 기상이 보이지 않았다. 이여송은 의아해하며 물었다.

"너희 조선은 참으로 간사하구나. 임금이 아닌 것을 임금이라 하여 우리를 깔보다니, 이게 어찌 된 일이냐?"

이여송은 화를 내더니 부대를 다시 중국으로 돌리도록 명했다. 그 소식을 들은 모든 신하들은 절망스런 표정을 지었다.

"아아, 구원병이 물러가면 어찌 되는가! 조선은 이제 왜국이 되겠구나."

그때 이항복이 급히 임금에게 아뢰었다.

"명나라 군사가 물러가면 왜군을 몰아내지 못할 것입니다. 전하께선 어서 통곡하소서."

임금은 큰 목소리로 울음을 터뜨렸다. 그러자 그 소리를 들은 이여송이 부하에게 물었다.

"이게 무슨 곡성이냐?"

"저희가 물러간다는 소식을 듣고 조선 임금이 통곡하는 소리입니다."

"마치 용의 울음소리 같지 않느냐? 왕이 분명하니, 내가 구하지 않을 수 없구나."

그리고 군사를 다시 조선으로 돌렸다.

명나라 부대는 의주를 거쳐 안주에 도착했다. 이여송은 부하들에게 소문을 퍼뜨리게 했다.

"명나라 황제가 화친을 허락하셨다. 조약을 맺기 위해 본국에서 곧 사신이 올 것이다."

한편 소문을 들은 왜군들은 몹시 기뻐했다. 일본 승려 역시 이런 시를 지었다.

일본이 중국의 항복을 받으니

온 세상이 한집 같도다.

기쁜 기운이 능히 눈을 녹이니

하늘과 땅이 태평하도다.

이때가 계사년(1593년) 정월 초하루였다. 왜군 선봉장 고니시 유키나가는 중국에서 온 사신을 맞이하기 위해 부하들을 내보냈다. 하지만 이들은 대부분 죽임을 당했고, 두어 명만 겨우 달아나 이 사실을 알렸다. 고니시 유키나가는 명나라의 계략에 빠진 것을 알고 분해하면서 전쟁을 준비했다.

이여송은 군사들을 진격시켜 평양성을 포위했다. 왜적들은 성벽에서 조총을 쏘며 맞섰다.

"화포를 쏴라!"

이여송이 명령하자 수백 대의 포가 일제히 발사되었다. 진동은 땅을 흔들었고, 자욱한 연기는 하늘을 가렸으며, 성벽이 무너져 내리고 성안도 불바다가 되었다.

"서쪽이 무너졌다! 돌격하라!"

명나라 군사들이 성벽을 향해 달려들었다. 하지만 왜적들의 반격도 만만치 않았다. 적들은 총을 쏘고, 돌을 굴리며 물러서지 않았다. 명군 피해자가 많이 나오자 이여송이 말했다.

"궁지에 몰린 도적은 죽을 각오로 싸우는 법이니, 함부로 몰아치지 말아야 할 것이다. 일단은 부대를 후퇴시키도록 하라."

이여송의 명령에 명나라 군사들은 포위를 풀고 대열을 정비했다. 한편 성안의 왜군들은 어찌할 것인지 서로 의논했다.

"명나라 부대는 만만치 않소. 게다가 이여송은 지혜와 용기를 갖추고 있으니 어려운 상황이오."

"맞습니다. 많은 수의 화포를 가지고 있으니 성을 수비하기 쉽지 않습니다."

"만약 여기에 조선군까지 합세한다면 당해 내기 어려울 것입니다. 그러니 몰래 후퇴하는 게 좋을 듯합니다."

결국 왜군들은 대동강을 건너 한양으로 도망갔다. 다음 날 명나라 군사들은 적들이 달아난 것을 알고 곧바로 평양성으로 들어갔다.

조선군과 명군은 왜군의 뒤를 추격했다. 이들은 벽제관*에서 맞닥뜨렸다. 세 나라 군사들이 좁은 골짜기에서 뒤엉켜 싸우다 보니, 명군은 화포를 제대로 활용할 수 없었다. 반면에 왜군의 조총은 아주 효과적이었다. 명군의 피해는 점점 늘어만 갔다. 설상가상으로 이여송을 호위하던 부대가 왜군의 기습 공격을 받았다.

"아니 이럴 수가…… 방심했구나!"

깜짝 놀란 이여송은 서둘러 부대를 후퇴시켰다. 하지만 천여 명의 군사를 모두 잃고, 본인도 적에게 잡힐 뻔하다가 가까스로 빠져나왔다.

이날의 충격이 심했는지, 이여송은 추격을 그만두고 평양성으로 돌아가려고 했다. 그러자 유성룡이 앞을 막아섰다.

* **벽제관** 현재의 경기도 고양시에 있었던 여관으로, 중국을 오가는 사신이 쉬어 가던 곳임.

"장군께서 군사를 물려서는 안 됩니다. 그 이유는 다음과 같습니다. 첫째, 선대 임금의 묘를 적들이 파헤쳤으니 그대로 둘 수 없습니다. 둘째, 전국의 백성들이 날마다 구원병이 오기를 기다리는데, 만일 이대로 돌아간다면 다들 왜적에게 귀순할 것입니다. 셋째, 조선의 군사들이 명나라 군사에 의지해 나아가고자 하나 만약 물러간다는 소식을 들으면 바로 흩어져 버릴 것입니다. 마지막으로 대군이 물러가면 적이 반드시 쫓아올 것이니, 임진강 남쪽은 지켜 내지 못할 것입니다."

그러나 이여송은 고개를 저으며 끝내 군사를 평양으로 돌렸다.

●

논개라는 기생이 있었다. 미모가 빼어났기에

왜군들은 그녀를 죽이지 않고, 잔치를 벌이는 촉석루에 데려갔다.

'내가 비록 천한 기생이나 어찌 타국의 무지한 도적들에게 몸을 더럽히겠는가.'

●

어찌 타국의 무지한 도적들에게 몸을 더럽히겠는가

한편 한양을 차지한 왜군들도 힘들기는 마찬가지였다. 북쪽은 이미 명나라와 조선군으로 막혀 있고, 전국에서 의병들이 봉기했으며, 백성들도 협력을 거부하고 있었다. 게다가 좋지 않은 일이 연이어 벌어졌다.

"아룁니다! 권율이 행주산성에서 우리 군사 삼만 명을 몰살시켰습니다."

"누군가 창고에 불을 지르고 달아났습니다. 남아 있던 식량이 모두 불타 버렸습니다!"

결국 왜군 장수들은 논의 끝에 남쪽으로 철수하기로 했다.

"그러려면 먼저 본국의 히데요시 장군의 허락을 받아야 합니다.

또한 이곳 상황을 자세히 설명해야 할 것입니다."

"그것도 그렇지만 우리가 철수하는 동안 명군과 조선군이 쫓아와 공격하면 어쩔 것이오? 피해가 막심할 것이오."

"방법이 있습니다. 강화* 회담을 열자고 하는 것이지요. 아마도 우리가 먼저 제의하면 저들은 응할 것입니다. 그동안 우리는 군사를 안전하게 이동시킬 수 있습니다."

이에 왜군 장수들은 히데요시에게 편지를 써서 상황을 설명했다. 이곳에서는 더 이상 버틸 수 없으니, 부산으로의 철수를 허락해 달라는 내용이었다.

얼마 후 히데요시의 명령이 도착했다. 철수를 허락한다는 것이었다. 왜군들은 부대 이동을 준비하는 한편, 이여송에게 강화를 제의하는 사신을 보냈다.

한편 평양에 있던 이여송은 식량이 제때 오지 않는다며 펄펄 날뛰고 있었다.

"아니, 우리 명나라 군사들을 굶겨 죽일 생각이오?"

"식량을 실은 배가 늦어지고 있습니다. 조금만 더 기다려 주시기 바랍니다."

이여송의 호통에 유성룡은 눈물을 흘리며 빌었다.

* **강화** 싸우던 두 편이 싸움을 그치고 평화로운 상태가 됨.

"우리를 감히 이렇게 대접한단 말인가? 그러고도 나라를 구해 달라는 말이 나오는가? 당장 우리나라로 돌아가겠다."

이여송은 철수를 준비하도록 지시했다. 그때 마침 식량을 실은 배가 도착했다는 보고가 들려왔다. 그래도 이여송이 분을 식히지 못하며 군사를 돌리려 하자, 임금이 달려와 눈물을 흘리며 달랬다.

"조선은 황제 폐하의 은총과 장군의 노고에 늘 감사하고 있다오. 장군께선 부디 화를 푸소서."

그러면서 잔치를 열고 술을 권했다. 기분이 좋아진 이여송은 부하에게 준비한 음식을 가져오라고 했다. 잠시 후 계수나무 벌레 삼십 마리가 쟁반에 담겨 왔다.

"이건 서촉 지역에서 나는 생물로 한 마리에 삼천 냥이나 하지요. 이걸 먹으면 천천히 늙는다고 합니다. 드셔 보시지요."

그러고는 젓가락으로 벌레의 허리를 집었다. 그러자 벌레가 수십 개의 발가락을 허우적대며 괴이한 소리를 지르는데, 놀랍고도 끔찍했다. 임금은 생전 처음 보는 것이라 차마 먹지 못하고 주저했다. 그러자 이여송이 웃으며 말했다.

"이렇게 귀하고 맛난 음식을 어찌 드시지 않소?"

그러면서 입으로 쏙 넣었다. 그 모습을 지켜보던 임금과 신하들은 눈썹을 찡그렸다. 이항복은 급히 밖으로 나가 산낙지 일곱 마리를 구해 왔다. 임금이 젓가락으로 한 마리 집으니, 낙지가 온몸으로 젓가락을 감고 수염에도 달라붙었다. 하지만 임금은 맛있게 먹으며 말했다.

"장군께서도 좀 드시구려."

하지만 이여송은 눈썹을 찡그리며 차마 먹지 못했다. 임금이 웃으며 말했다.

"어떻습니까? 중국의 계수나무 벌레와 조선의 낙지가 서로 비슷하지 않소이까?"

그러자 이여송은 크게 웃으면서 고개를 끄덕였다.

며칠 뒤 왜군으로부터 사신이 도착했다. 강화를 제의하는 것이었다. 사신은 중국으로 건너갔고, 여러 논의 끝에 명나라 측에서 다음과 같이 말했다.

"너희가 진정으로 화친을 원한다면 먼저 잡고 있는 조선의 두 왕자와 대신들을 풀어 주어라. 또한 군사를 본국으로 물린 후 화친을 청하도록 하라. 만약 그러지 않으면 군사를 보내 너희들을 멸할 것이다."

"알겠소. 그러면 우리가 먼저 본국으로 가겠소. 그다음

에 명나라와 조선이 함께 사신을 일본으로 보내 화친을 이루도록
합시다."

　왜군의 철수가 시작되었다. 적은 한강을 건너 남쪽으로 썰물처
럼 빠져나갔다. 이들은 후퇴하면서 수많은 고을을 노략질하고 불
태웠다. 많은 백성들이 왜적을 피해 산으로 들어갔으며, 마을에 남
아 있던 이들은 목숨을 잃거나 치욕을 겪었다. 깜짝
놀란 유성룡이 어째서 추격하지 않느냐
고 이여송에게 따졌다. 하지만
그는 고개를 저었다.
　"그건 내가 결정할 수
있는 일이 아니다. 황제
폐하의 명을 기다려라."
　유성룡은 조선의 군사라
도 보내 저들의 횡포를
막고자 했다. 하지만

이여송이 반대했다.

"현재 강화가 논의 중이다. 그러니 내 명령 없이는 절대로 추격하지 마라."

명나라 군사들은 아예 조선군의 앞을 가로막았다. 후퇴하는 적을 바라볼 수밖에 없던 조선 신하들은 땅을 치며 통곡했다.

"진주성을 함락하라."

히데요시의 명령이 전해졌다. 후퇴하던 왜군은 일부 병력만 부산에 남기고, 나머지 모두가 진주성을 공격했다. 진주성은 전쟁 초기에 수많은 군사로 몰아쳤지만 점령하지 못했기에, 왜군으로선 한이 맺힌 곳이었다.

적들은 끊임없이 몰려왔다. 열흘 넘게 버티던 진주성은 결국 함락당했다. 성안으로 들어온 왜군들은 보이는 족족 사람들을 죽이고, 심지어는 개와 닭 한 마리조차 남기지 않았다.

이곳에는 논개(論介)라는 기생이 있었다. 미모가 빼어났기에 왜군들은 그녀를 죽이지 않고, 잔치를 벌이는 촉석루에 데려갔다. 논개는 슬픔이 밀려왔다.

'내가 비록 천한 기생이나 어찌 타국의 무지한 도적들에게 몸을 더럽히겠는가.'

그리고 왜장 게야무라 로쿠스케에게 다가가 말했다.

"장군님께 부탁드리고 싶은 게 있습니다."

"무엇이냐?"

왜장은 술잔을 내려놓으며 물었다.

"장군님의 칼 솜씨가 궁금합니다. 저 바위 위에 서서 한번 보여주신다면 앞으로 장군님을 평생 모시겠습니다."

"하하. 그게 뭐 어렵다고 그러느냐?"

게야무라 로쿠스케는 바위 위에 올라 칼춤을 추었다. 논개는 옆에서 이를 지켜보다가 달려들어 그의 허리를 안고 물속으로 빠졌다. 순식간에 벌어진 일이었다.

"으악!"

게야무라 로쿠스케는 비명을 지르며 허둥댔지만, 논개는 꽉 붙잡은 손을 놓지 않았다. 둘은 결국 물 밖으로 나오지 못했다.

장수의 죽음은 왜군들에게 큰 충격을 죽었다. 그는 진주 점령군의 선봉장이자, 왜군 총사령관 가토 기요마사의 신임을 받는 인물이었다. 그런 그가 전장에서 장렬하게 전사한 것도 아니고, 승리를 기념하는 연회에서 조선 기녀에게 살해당했다는 사실이 왜군들에게 씻을 수 없는 수치였다.

사기가 떨어진 왜군은 호남평야를 눈앞에 둔 채로 퇴각을 준비했다. 사람들은 비록 기녀이지만 숭고한 마음을 지닌 논개를 칭송하며, 그녀가 떨어진 바위를 의암(義岩)이라 했다.

한편 이여송을 비롯한 구원병은 명나라로 돌아가 버렸다. 왜적이 여전히 조선 땅에 있는데도 구원병이 없다는 사실을 알자, 사람들은 불안해했다.

임금은 명나라에 사신을 보내 다시 군사를 요청했다. 그러자 얼마 후 편지가 도착했다.

왜적은 조선을 침략해 국토를 짓밟고 백성들을 해쳤다. 이에 명은 군사를 보내 죄를 물었다. 왜적들은 명을 두려워해 왕자와 대신을 돌려보내고 이제 멀리 도망쳤다. 명으로서는 이미 조선을 충분히 도와주었다.

너희는 이제 군량을 대지 못할 것이며, 그렇기에 군사들도 더 이상 싸우지 않을 것이다. 게다가 왜적들이 이미 명에 항복해서 조공 바치길 원하니, 명은 조선을 위해 이를 허락하였다.

조선에는 먹을 것이 떨어져 사람이 사람을 잡아먹는 지경에 이르렀다고 한다. 그런데도 너희 처지를 헤아리지 않고 다시 군사를 청하는 건 무슨 까닭이냐. 게다가 대국이 군사를 거두어들이지 않고 항복을 받아들이지 않으면 적들은 다시 침공할 것이니, 조선이 어찌 화를 면하겠느냐. 모름지기 멀리 보고 생각하라. 너희가 분한 것은 이해한다. 월나라 왕 구천이 회계에서 굴욕을 당할 때 어찌 오나라 왕 부차의 살을 먹고 싶지 않았겠느냐. 하지만 분함을 참고 굴욕을 견뎌 마침내 원수를 갚을 수 있었다. 그러니 조선도 이를 본받아 와신상담*한다면 반드시 되갚을 날이 있을 것이다.

명나라의 편지를 받은 뒤, 한 달 가까이 논의를 계속했지만 아무런 결론을 내리지 못했다. 이에 유성룡이 임금에게 아뢰었다.

"일본이 조선을 통해 중국에 조공하는 것은 받아들일 수 없습니다. 하오니 이런 점을 자세히 아뢰어야 할 것입니다."

이에 임금은 명나라로 사신을 보냈다. 얼마 후 답변이 왔다.

첫째, 일본이 조선을 통해 조공하는 것은 허락되지 않는다. 둘째, 왜인은 단 한 명도 부산에 머물지 못한다. 마지막으로 일본은 다시는 조선에 침범하지 못한다.

명나라의 사신은 부산에 있던 왜군에게도 이 점을 전하려 했다. 하지만 왜군 총사령관 가토 기요마사는 본국에 다녀온다는 핑계로 한 달 넘게 사신을 만나 주지 않았다. 거기다가 왜군이 명나라 사신을 잡아 두려 한다는 소문마저 돌았다. 깜짝 놀란 명나라 사신은 평민 옷으로 갈아입은 뒤 한밤중에 몰래 도망쳤다.

왜군은 부산에서 철수할 생각이 없었다. 적에게 속았다는 걸 안 조선은 명나라에 사신을 보내 이 점을 알렸다. 그제야 명나라 역시 잘못을 깨닫고 다시 군사를 조선으로 보냈다.

* **와신상담(臥薪嘗膽)** 땔나무 위에 눕고 쓸개를 맛본다는 뜻으로, 원수를 갚기 위해 온갖 괴로움을 참고 견딤을 비유적으로 이르는 말.

•

저에게 이제 배가 있으니 죽기를 각오하고 싸우면 공을 이룰 수 있습니다.

만약 바다를 버리면 적은 서해 바다를 거쳐 한강으로 들어갈 것이니,

어찌 두렵지 않겠습니까.

•

신이 죽기 전까지 **왜적은** 감히
우리를 업신여기지 못할 것입니다

경상 우수사 원균은 질투심이 많았다. 그는 늘 사람들에게 말하고 다녔다.

"이순신이 처음에는 나를 구하지 않으려고 했다. 그러다 내가 간절하게 요청해서야 이곳에 와서 이겼으니, 그 승리는 결국 내 덕분이다."

영의정 이원익 역시 원균을 도와 이순신을 모함하기 시작했다.

"이순신은 아군의 구원 요청을 받고도 즉시 나오지 않았다. 이 점이 무척이나 수상하다."

게다가 왜군 총사령관 가토 기요마사가 바다에 나왔지만 이순신이 출동하지 않았다. 이는 본래 왜군이 흘린 정보인데, 이순신은 이것을 적의 함정으로 여겨 군사를 보내지 않았다. 그러자 원균을 비롯한 많은 신하들이 모함을 했다.

"적장의 배가 바다에 칠 일이나 머물렀는데도 이순신은 나가지 않았습니다. 적장을 사로잡을 기회를 놓친 것입니다!"

"가토 기요마사가 이미 육지에 상륙했답니다. 군사를 출동하지 않은 이순신을 벌하소서."

신하들은 임금에게 상소를 올렸다. 대간*까지 나서서 이순신에게 죄를 물어야 한다고 아뢰자, 임금은 이순신을 한양으로 잡아 오게 했다.

이순신이 끌려갈 때 백성들이 몰려나와 길을 막았다.

"이순신 장군은 억울합니다!"

"그분이 아니면 누가 바다를 지킵니까!"

다들 모여서 이순신의 억울함을 고했다. 이순신이 옥에 갇혔을 때 누군가 와서 말했다.

"이곳에서는 뇌물을 써야 죽음을 면할 수 있다오."

그러자 이순신은 당당하게 대답했다.

"사즉사의*라. 어찌 뇌물 따위로 구차하게 살기를 바라겠는가."

* **대간** 관리를 감독하여 살피는 벼슬아치.
* **사즉사의(死卽死矣)** 죽을 운명이 다가오면 마땅히 죽을 각오를 한다는 의미.

조정에서는 이순신을 어떻게 처분할지 논의가 열렸다. 그때 판중추부사 정탁이 임금에게 아뢰었다.

"이순신은 큰 공을 여러 번 세웠습니다. 사형만은 면해 주옵소서. 그리고 다시 한번 기회를 주어 죄를 씻게 하소서."

이에 임금은 곰곰이 생각한 후 말했다.

"이순신을 백의종군*하게 하라."

이순신의 어머니는 충남 아산에 살았으며 나이가 구십이었다. 그녀는 아들이 감옥에 갇혔다는 소식을 듣고 놀라서 그만 세상을 떴다. 이순신은 감옥을 나와 어머니의 장례를 치르며 통곡했다.

"이제 충과 효를 모두 잃었으니 어찌 슬프지 않겠는가."

한편, 이순신 대신 수군통제사가 된 원균은 기생들을 불러 잔치를 벌였다. 부하들은 얼굴을 찌푸렸지만 아무 말도 못 했다. 원균의 성격이 포학해 사람들을 함부로 벌했기 때문이다. 수군의 사기는 떨어질 대로 떨어졌고, 적을 만나면 다들 도망칠 생각뿐이었다.

또다시 왜장 가토 기요마사가 바다에 나타났다는 소문이 들렸다. 도원수 권율은 원균에게 군사를 이끌고 출전하도록 명했다. 수군은 몇 개월 동안 훈련도, 배의 정비도 되지 않은 상태였다. 게다

---

* **백의종군(白衣從軍)** 벼슬 없이 군대를 따라 싸움터로 감.

가 탄약과 화살, 식량 모두 부족했기에 출전할 여건이 되지 않았다. 하지만 상관인 권율이 재촉했고 원균도 속으로 생각했다.

'전에 이순신이 나아가지 않은 죄로 벌을 받지 않았는가.'

원균은 모든 수군을 이끌고 부산 앞바다로 향했다. 날은 이미 저물었고, 하루 종일 노를 저은 병사들은 굶주림과 목마름을 견딜 수 없었다.

한편 왜적들은 이미 준비를 마친 상태였다. 이들은 조선 수군이 절영도*에 이르자 기습 공격을 가했다. 조선군은 우왕좌왕하다가 바다 위에서 사방으로 흩어져 버렸고, 원균은 겨우 남은 배를 모아 가덕도*에 상륙했다. 너무나 목말랐던 병사들은 앞다투어 배에서 내려 물을 마셨다. 그때 미리 섬에 숨어 있던 왜적들이 공격을 해 왔다. 조선 병사들은 황급히 배에 올라 정신없이 노를 저었다. 거제도까지 도망쳐서야 겨우 숨을 돌릴 수 있었다.

권율은 원균을 불러 꾸짖고는 곤장까지 쳤다.

"네 일찍이 이순신을 책망하더니, 오늘 나아가지 않는 이유는 무엇이냐!"

진영으로 돌아온 원균은 화를 내며 술을 잔뜩 마시고는 드러누

---

* **절영도** 부산광역시 영도구에 속하는 섬인 영도의 옛 이름.
* **가덕도** 부산광역시 강서구에 속하는 섬.

워 버렸다. 병사들은 그 꼴을 보며 한숨을 쉬었다.

다음 날 밤 왜적들은 기습 공격을 해 왔다. 왜선이 나타나 조선의 배 네 척을 불태워 버렸다. 경상 우수사 배설이 원균에게 말했다.

"방금 온 건 적의 정찰병일 것입니다. 이제 곧 대규모의 적이 닥칠 것입니다. 이곳은 안전하지 못하니 다른 곳으로 옮기는 게 좋겠습니다."

그러나 원균은 그 말을 듣지 않았다. 배설은 속으로 생각했다.

'여기 있다가는 필시 죽은 목숨이겠구나.'

배설은 열두 척의 배를 이끌고 그날 밤 달아나 버렸다.

다음 날 새벽, 적의 총공세가 시작되었다. 천여 척 넘는 왜선들이 겹겹이 에워싼 뒤 불화살과 조총을 쏘았다. 조선 병사들은 비명을 지르며 죽임을 당했고, 배들은 하나둘씩 바닷속으로 가라앉았다. 원균은 배를 버리고 육지로 달아나다가 왜군에게 목숨을 잃었고, 전라 우수사 이억기는 도망칠 길이 없음을 알고 스스로의 몸을 바다에 던졌다. 이날 조선 수군은 전멸했다.

이때, 이순신은 권율의 진영에 있었다. 권율은 원균이 대패했다는 소식을 듣고는 이순신에게 흩어진 병사들을 모으도록 지시했다.

조정 신하들도 한산도가 무너졌다는 소식을 듣고는 깜짝 놀랐다. 그리고 여러 논의 끝에 이순신을 다시 수군통제사로 임명했다.

"하나 싸울 배가 없는데 어찌하려느냐?"

권율이 묻자 이순신이 답했다.

"배설이 배 열두 척을 가지고 탈출했다니, 그 배들을 살펴보겠습니다."

그러나 열두 척의 배는 초라한 상태였다. 이끌 군사도 부족했고, 화포나 화약도 없었다. 이순신은 배설에게 배를 이끌고 전라도 장흥 앞바다에 먼저 가 있도록 명한 뒤, 이 고을 저 고을을 샅샅이 뒤지며 식량과 무기를 모았다.

이순신이 복귀했다는 소문은 금세 퍼졌다. 흩어졌던 장수와 병사들도 점점 모여들었다. 이순신은 사람들을 데리고 장흥으로 간 뒤 훈련을 시켰다.

며칠 후 임금의 조서가 도착했다. 수군 병력이 적고, 배도 부족하니 차라리 육지에 올라와 싸우라는 것이었다. 그러자 이순신은 임금에게 편지를 보내 청했다.

임진년부터 지금까지 적이 전라도와 충청도를 범하지 못한 것은 우리 수군이 요충지를 지켰기 때문입니다. 저에게 이제 배가 있으니 죽기를 각오하고 싸우면 공을 이룰 수 있습니다. 만약 바다를 버리면 적은 서해 바다를 거쳐 한강으로 들어갈 것이니, 어찌 두렵지 않겠습니까. 신이 죽기 전까지 왜적은 감히 우리를 업신여기지 못할 것입니다.

정유년(1597년) 구월 십육 일에 적이 나타났다. 바다를 뒤덮은 수백 척의 배를 보자 거제 현령 안위는 벌벌 떨며 도망치려고 했다. 그러자 이순신이 앞에 서서 외쳤다.

"네 이놈! 안위 네가 어찌 국법을 어기고 죽으려 하느냐? 달아나면 살 수 있을 거라 생각하느냐!"

그러자 안위는 당황하며 대답했다.

"아닙니다. 어찌 감히 그러겠습니까?"

안위를 비롯한 조선 수군은 적진으로 달려들었다. 하지만 중과부적*이란 말처럼 왜적들의 배에 곧바로 둘러싸였다. 다들 죽을 각오를 하는데, 바닷물의 흐름이 갑작스레 바뀌었다. 그러자 조선 수군은 움직임이 편해졌고, 왜선은 자꾸 뒤로 밀리게 되었다. 이순신이 이 시간에 맞춰 공격을 한 것이었다.

"어어! 배가 왜 이러지!"

"물살이 빨라 노를 저어도 소용이 없습니다!"

왜적들은 당황을 금치 못했다. 게다가 해안에 숨어 있던 백성들이 해협에 내려뜨려 둔 쇠사슬을 잡아당기자, 왜선들은 앞으로 갈 수도, 뒤로 물러설 수도 없게 되었다.

전세는 역전되었다. 조선군은 화포와 불화살을 퍼부었다. 왜선

* **중과부적(衆寡不敵)** 적은 숫자로 많은 수를 대적하지 못함.

들은 우왕좌왕하며 저희들끼리 부딪치며 불에 타올랐다. 바다는 시뻘겋게 물들었다. 검은 연기가 끊임없이 솟아올랐고, 수많은 왜 군들의 시체가 바다 위를 둥둥 떠다녔다. 왜선 몇 척만이 혼란을 틈타 겨우 도망칠 수 있었다.

"적이 달아났다! 이겼다!"

조선 수군들은 기뻐하며 환호성을 질렀다. 백성들도 서로를 얼 싸안으며 만세를 불렀다.

그날 이순신은 진영을 옮긴 뒤, 조정에 첩서*를 보냈다. 이를 본 임금은 크게 기뻐하며 이순신의 벼슬을 높이려 했다. 그러자 신 하들이 아뢰었다.

"나중에 공을 더 세운 후 벼슬을 높여 주시는 게 나을 듯합니 다."

결국 임금은 그 말을 따라 이순신의 부하 장수들의 벼슬만 올려 주었다.

그즈음 슬픈 소식이 들려왔다. 이순신의 막내아들은 이름이 '면' 으로, 용기가 넘치고 지혜로웠다. 면은 어머니를 모시고 고향에 있 다가 얼마 전에 왜적의 기습을 받았다. 면은 홀로 싸우며 적 십여

* **첩서** 싸움에서 승리한 것을 보고하는 글.

명을 베었지만, 마침내 죽임을 당했다. 그 소식을 들은 이순신은 비통함에 눈물을 흘리며 아들을 그리워했다.

그날 밤 이순신의 꿈에 면이 나타나 슬피 울었다.

"아버님께선 왜 소자를 죽인 왜적을 베지 않고 그냥 두십니까?"

깜짝 놀란 이순신은 꿈에서 깬 뒤, 부하들에게 물었다.

"혹시 우리 진영에 사로잡힌 왜적이 있느냐?"

"그렇지 않아도 오늘 아침에 왜적 하나를 잡아 묶어 놨습니다."

"그를 곧바로 이곳으로 데려와라."

이순신이 왜적에게 과거에 있었던 일을 물어보니, 그가 바로 아들을 죽인 자였다. 이순신은 그 자리에서 왜적의 팔다리를 찢어 죽였다.

이순신은 전선 이십여 척을 거느리고 진도 벽파진 아래에 대형을 갖추었다. 왜적들이 이백여 척의 배를 끌고 공격했지만, 이순신은 바람을 등지고 적의 공격을 이리저리 피하며 포를 쏘았다. 왜적들은 조선의 수군을 도저히 당해 낼 수 없었다.

"후퇴하라! 후퇴하라!"

왜적들이 후퇴하는 모습을 본 이순신은 곧장 추격을 명했다. 그러고는 적장을 사로잡아 목을 베었다.

조선 수군에 의해 바닷길이 막히자 왜적들은 큰 충격을 받았다. 날은 점점 추워졌고, 식량을 구할 수도 없었다. 게다가 명나라 군

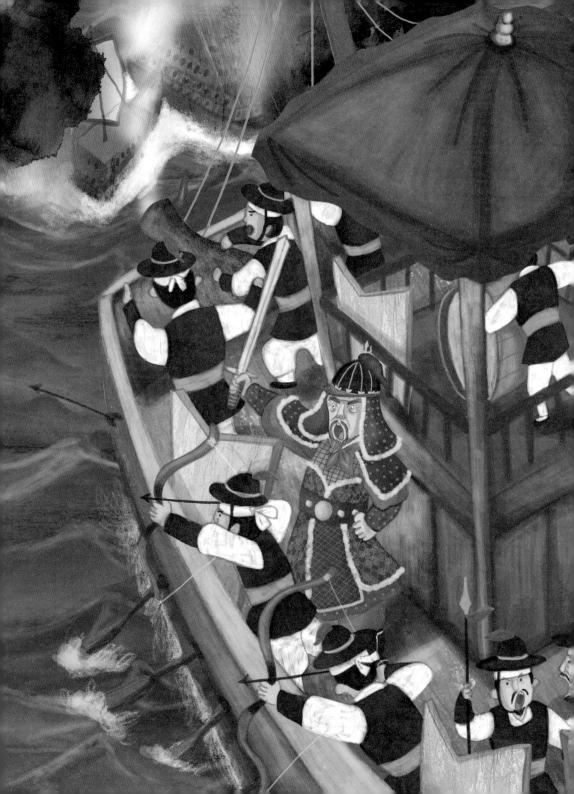

사들이 다시 참전하자 왜적들은 두려움이 앞섰다. 의병들의 저항 역시 치열해져만 갔다.

이때 일본의 히데요시가 갑자기 세상을 떴다. 소식을 들은 왜군들은 본국으로 서둘러 철수하고자 했다. 하지만 이순신이 무서워 감히 바다로 나오지 못했다.

본국으로 돌아갈 방법은 많지 않았다. 왜군들은 명나라 수군 도독 진린에게 뇌물을 보낸 뒤, 무사히 빠져나가게 해 달라고 애걸복걸했다. 재물에 눈이 먼 진린은 왜적들에게 길을 열어 주고자 이순신에게 말했다.

"내 남쪽 바다에 있는 도적을 치고자 하오."

"안 될 말입니다. 남해 도적은 본래 조선 백성들이지, 왜적이 아닙니다. 게다가 적이 눈앞에 있는데 어찌 그들을 공격한단 말입니까?"

"내 말을 거역하는 건 황제를 거역하는 것이오. 어찌 감히 따르지 않소?"

"이 몸이 죽는다 해도 차마 왜적을 버리고 조선 백성들을 해치지는 않을 것이오."

이순신은 엄숙한 표정으로 끝까지 뜻을 굽히지 않았다. 이에 진린도 설득을 포기했다.

십일월 십칠 일 해 질 녘이었다. 왜군들은 조선 수군의 포위를 뚫고 도망가려 했다. 이를 미리 알았던 이순신은 병력을 이끌고 노량진 앞바다로 이동했다. 잠시 후 왜선 수백 척이 나타나자 기다리고 있던 조선과 명 연합군이 그들을 삽시간에 포위했다.

"쏴라! 한 놈도 놓치지 마라!"

이순신의 명령에 모든 배가 일제히 포를 쏘았다. 하늘과 바다가 뒤흔들렸다.

"으악!"

왜군들의 배는 깨지고 부서지고, 서로 부딪히며 침몰했다. 그 많던 배들이 점점 사라져 갔다.

그때였다. 어디선가 날아온 총탄 하나가 이순신의 가슴을 꿰뚫었다. 부하들이 놀라서 달려들자 이순신이 말했다.

"싸움이 급하니 나의 죽음을 알리지 마라."

그리고 아들 회와 조카 완에게 지휘를 맡겼다.

조선 수군은 끝까지 쫓아가 왜선을 불태웠다. 겨우 수십 척만 도망쳤으니, 이로써 모든 전쟁이 끝났다.

명나라 수군 도독 진린이 크게 기뻐하며 물었다.

"통제사는 어디 계시느냐?"

그러자 완이 통곡하며 말했다.

"숙부께선 이미 돌아가셨습니다."

"아아, 통제사가 죽었으니 누가 나라를 구하겠는가!"

진린 역시 가슴을 두드리며 눈물을 흘리며 말했다. 소식을 들은 조선 수군은 모두 바닥에 엎드려 대성통곡했다. 백성들도 다들 바닷가로 달려 나와 울부짖었다.

이순신의 죽음 소식을 들은 임금은 눈물을 흘리며 안타까워했다. 그러고는 사람을 보내 제사를 지내게 했다. 임금은 이순신의 벼슬을 우의정으로 올리고, 시호를 '충무공(忠武公)'이라 하였다. 이순신의 나이 쉰네 살이었다.

하루는 한 신하가 임금에게 아뢰었다.

"전하, 김덕령이란 자는 도술이 신선의 경지에 이르렀다고 합니다. 그러나 전쟁 초기에만 잠시 나섰고, 나중에는 집 안에 들어박혀 있었다고 합니다. 게다가 왜군 진영을 두어 번 왕래했다고 하니, 아무래도 의심스럽습니다. 빨리 잡아다가 심문하소서."

임금은 크게 화를 내며 김덕령을 당장 잡아들이라 하였다.

"너는 재주가 있으면서도 전쟁 통에 나라를 돕지 않고, 적진에 들어갔다더구나. 그곳에서 무슨 일을 하였느냐?"

임금이 묻자 덕령이 대답했다.

"전하, 소인은 아버지께서 돌아가셔서 상(喪)을 치르느라 움직일 수 없었습니다. 또한 적의 진영에 들어간 건 도적들을 쫓아내기 위해서였습니다."

"감히 거짓으로 목숨을 부지하려 하느냐? 여봐라. 이놈을 당장
쳐 죽여라!"

금부나장*들이 달려들어 매를 때렸다. 하지만 덕령은 꿈쩍도
하지 않았다.

"소인은 죄가 없습니다."

"고얀 놈이구나! 더욱 세게 쳐라!"

금부나장들은 땀을 뻘뻘 흘리며 매질을 계속했다. 하지만 아무
런 소용이 없었다. 그러자 덕령이 말했다.

"아무리 때리셔도 신은 죽지 않습니다. 차라리 '만고* 충신(萬古
忠臣) 김덕령'이라 현판에 써서 후세에 전해 주신다면 스스로 죽겠
습니다."

임금이 어쩔 수 없이 허락하자 덕령은 하늘을 향해 외쳤다.

"도술로 나라에 큰 공을 세우고자 했는데, 억울한 누명을 쓰고
이렇게 가는구나!"

덕령은 제 다리에서 비늘을 하나 떼었다. 그리고 매 한 대를 맞
으니 그 자리에서 죽었다.

---

* **금부나장** 죄인을 매질하는 일과 귀양 가는 죄인을 데려가는 일을 맡아 보던 하급 관리.
* **만고** 세상에 비길 데가 없음.

●

"충신은 두 임금을 섬기지 않는다 하였소.

어찌 타국에서 부귀영화를 누리겠는가?"

●

일본으로 쳐들어가

적을 소탕하고 왜왕을 베겠습니다

임금은 각 도에 글을 내려 백성을 위로하고, 공을 세운 이들에게 벼슬을 내렸다. 특히 이여송과 함께 평양성을 되찾을 때 공을 세운 김응서를 도원수로 삼고, 제주에서 군사를 일으켜 공을 세운 강홍립을 부원수로 삼아 군사를 통솔하도록 했다.

어느 날 김응서와 강홍립이 임금에게 아뢰었다.

"저희에게 이런 큰 벼슬을 내려 주시니 성은이 망극하옵니다. 이번에는 왜놈들이 잠시 물러갔지만 또다시 쳐들어올지 모릅니다. 하오니 저희가 일본으로 쳐들어가 적을 소탕하고 왜왕을 베어 다시는 조선을 넘보지 못하도록 하겠습니다."

"경들의 충성심을 높이 평가하오. 충분히 준비한 뒤에 떠나도록 하시오."

김응서와 강홍립은 수개월 동안 밤낮으로 군사를 훈련시켰다. 그리고 드디어 출전의 날이 밝았다. 임금이 두 장수에게 물었다.

"이제 곧 출발하겠구려. 누가 선봉에 설 것이오?"

그러자 김응서가 말했다.

"소신이 앞장서겠습니다."

하지만 강홍립도 물러서지 않았다.

"아닙니다. 제가 부원수이니 제가 앞에 서겠습니다."

서로가 선봉을 다투자 임금은 제비를 뽑게 했다. 결국 강홍립이 선봉장이 되고, 김응서는 후군장이 되어 군사를 이끌게 되었다. 임금이 마지막으로 당부했다.

"절대로 적을 가볍게 보지 말고, 성공하여 속히 돌아오시오."

때는 무술년(1598년) 삼월이었다. 조선의 군사들이 부산에 도착해 배에 타려 할 때였다. 갑자기 공중에서 누군가가 김응서를 불렀다.

"장군은 잠시 멈추고 내 말을 들으라."

깜짝 놀란 김응서가 하늘을 쳐다봤다.

"너는 누구인데 공중에 떠 있느냐?"

"나는 조선 땅에 사는 어둑강이란 귀신이다. 별자리를 보니 그대가 삼 일만 기다렸다 출발한다면 큰 공을 세울 것이다. 하나 그렇지 않다면 화를 면치 못할 것이다.”

귀신은 그렇게 말한 뒤 사라졌다. 김응서는 강홍립에게 방금 있었던 일을 이야기했다. 그러자 강홍립이 크게 웃으며 말했다.

“아니, 그런 걸 믿는가? 게다가 부대의 일정은 이미 정해져 있고, 내가 선봉을 맡기로 하지 않았는가? 아무 말 말고 따라오게.”

그러자 김응서가 대답했다.

“아무래도 걱정이 되어서 그렇다네. 삼 일 정도 기다렸다가 출전해도 늦지 않으니 그 말을 따르는 게 어떤가?”

그러나 강홍립은 고집을 꺾지 않았다. 김응서로서는 어쩔 수 없었다. 부대가 행군을 시작하자, 그 귀신이 다시 나타나 말했다.

“내 말을 듣지 않고 가니 화를 면치 못할 것이리라.”

여러 날 만에 조선군은 일본 해안에 도착했다. 날은 잔뜩 어두웠고, 비바람이 몰아쳤다. 김응서와 강홍립은 서둘러 군사를 이끌고 앞으로 나아갔다.

부대가 우무령이란 골짜기를 지날 때였다. 정찰병이 급히 와서 보고했다.

“아룁니다! 앞쪽의 길이 좁고 험해서 나아갈 수 없습니다.”

그러자 강홍립이 말했다.

“길이 없으면 만들어서 가면 될 것 아니냐! 어찌 못 간다는 소리

를 하느냐!"

그러고는 군사들을 재촉해 앞으로 계속 나아갔다. 그때였다.

"뿌우ㅡ!"

어디선가 뿔피리 소리가 나더니 일시에 총성이 울려 퍼졌다. 곧이어 적의 함성이 천지를 메웠다.

"복병이다!"

조선 군사들이 좌우를 돌아보며 외쳤다. 하지만 적의 총탄이 우박처럼 쏟아지자 병사들은 픽픽 쓰러져 갔다. 삽시간에 벌어진 일이었다. 다들 도망칠 곳을 찾아 허둥댔지만 퇴로는 이미 바위로 막혀 있었다.

"적이 골짜기 위에 있다! 서둘러 대열을 갖춰라! 앞 열은 방패로 막고, 뒤 열은 활시위를 당겨라!"

"서둘러라! 방패를 몸에 바짝 붙여라! 활은 적의 위치를 확인하고 쏴라!"

김응서는 병사들에게 명령을 내리는 한편, 혼신의 힘을 다해 적을 베었다. 하지만 혼란 속에서는 속수무책이었다. 대부분의 병사가 목숨을 잃었고, 두 장군 역시 적에게 붙잡혔다.

"수만 명의 군사를 다 잃었으니 어찌하겠는가. 이제 무슨 낯으로 고국으로 돌아가 임금을 뵙겠는가. 차라리 내 목을 베어라."

김응서는 홀로 읊조리며 눈물을 흘렸다. 그때 이 모습을 멀리서 지켜보던 왜왕이 말했다.

"저 두 장수의 솜씨가 참으로 놀랍구나. 저런 영웅이 조선에 있으니 요전에 우리 군사들이 패한 것이로다. 저들을 달래 신하로 삼을 것이다."

왜왕은 공격을 멈추게 한 뒤, 편지를 써서 전하도록 했다. 김응서와 강홍립은 편지를 열어 보았다.

너희는 이 나라의 적이지만, 조선의 충신이니라. 내가 어찌 남의 나라 충신을 함부로 해치겠느냐. 그러니 의심치 말고 오늘 연회에 참석하도록 하라.

"이게 무슨 말인가? 항복을 권유하는 건가?"

김응서가 물었다.

"아무래도 그런 것 같소."

편지를 접으며 강홍립이 대답했다.

"어찌 왜적에게 투항할 수 있나? 차라리 내 목숨을 스스로 끊겠네."

"잠깐 기다리시오. 일단 왜왕의 얘기를 들어 본 후 결정해도 될 것이오."

강홍립은 김응서를 설득했다. 김응서로서도 별다른 방법이 없었기에 일단 가 보기로 했다. 왜왕은 부하들에게 이들을 정중히 모시도록 지시했다. 저녁 연회 땐 왜왕이 두 장수를 자기 옆에 앉힌 뒤 술잔을 따르며 말했다.

"임진년의 전쟁은 이미 끝난 일이니 누구를 원망하겠소? 게다가 그대들은 수많은 군사들을 잃었으니 무슨 면목으로 고국으로 돌아갈 것이오? 옛날에 한신은 초나라를 섬기다가 한나라로 옮겨 대장이 되고 초나라를 멸하였으니 사람 운명이란 알 수 없는 것이오. 그대들도 옛일을 본받아 이곳에서 나의 신하가 되는 게 어떻겠소?"

김응서와 강홍립은 서로를 돌아보며 아무 말도 하지 않았다. 그러자 왜왕이 술을 한 잔 더 권하며 말했다.

"짐에게는 누이와 공주가 있소. 그대들이 허락한다면 그 둘을 그대들과 맺어 주고자 하오."

그러자 강홍립이 말했다.

"패장에게 이런 호의를 베풀어 주시니 정말 감사합니다. 또한 혼인까지 허락하시니 그 은혜를 갚을 길이 없습니다. 말씀대로 하겠습니다."

김응서 역시 강홍립이 허락하는 것을 보고 마지못해 받아들였다. 왜왕은 기뻐하며 강홍립을 누이와, 김응서를 공주와 결혼시켰다.

이렇게 삼 년이 흘렀다. 어느 날 김응서가 강홍립에게 말했다.

"장군은 고국으로 돌아갈 생각이 없소?"

그러자 강홍립이 깜짝 놀라 물었다.

"그게 무슨 소리요? 우리가 극진히 대접받으며 이렇게 잘살고 있는데 배신하자는 것이오?"

이에 김응서는 눈을 부릅뜨며 꾸짖었다.

"충신은 두 임금을 섬기지 않는다 하였소. 어찌 타국에서 부귀영화를 누리겠는가?"

"잘 생각해 보시오. 조선에 돌아가면 이렇게 편하게 살 수는 없소."

"그게 대체 무슨 말이오? 부귀영화에 빠져 고국을 생각하지 않으니 부끄럽지 않소? 이곳에서 산 지 벌써 삼 년이나 되었소. 그때 수많은 부하를 잃고 우리만 살아남았소. 지금껏 몇 번이나 스스로 목숨을 끊으려 했지만, 수치스러움을 참으면서 죽지 않은 건 왜왕을 죽이기 위해서였소. 그러니 오늘 저녁 연회 때 왜왕을 베도록 합시다."

강홍립은 김응서의 말에 거짓으로 허락하는 척한 뒤, 왜왕에게 달려가 몰래 고자질했다. 왜왕은 크게 노해 김응서를 잡아들였다.

"나는 너의 재주를 아껴 목숨을 살려 주고 부귀를 베풀었다. 게다가 사위로 삼기까지 했다. 그런데 나를 배신하려 하느냐?"

"아! 너를 베어 임진년의 원수를 갚고자 하였더니 이렇게 실패하고 마는구나. 슬프도다. 하늘도 무심하구나."

그리고 비수를 꺼내 구석에 있던 강홍립에게 달려들었다.

"배신자를 살려 둘 수는 없다. 나와 함께 가자꾸나."

김응서는 강홍립의 목을 베어 버렸다. 그러고는 스스로 자신의 목도 베었다.

그때 김응서가 타던 말이 갑자기 뛰어오더니 김응서의 머리를 물고, 왕궁 바깥으로 뛰쳐나가 버렸다. 말은 순식간에 바다를 건너 조선 땅에 도착했다.

이때 김응서의 부인은 남쪽 하늘을 바라보며 남편의 무사 귀환을 빌고 있었다. 그런데 바깥에서 말 소리가 요란스럽게 들렸다. 서둘러 나가 보니 말이 남편의 머리를 물고 와 있었다.

"아아…… 짐승은 멀쩡히 제집을 찾아왔는데, 당신은 어찌하여 머리만 왔단 말이오!"

부인은 그 자리에 주저앉아 통곡했다. 그 소리를 들은 이웃들이 달려 나와 부인을 위로했다.

이 소식은 조정까지 전해졌다. 임금이 깜짝 놀라 말했다.

"나라를 위해 삼 년 전에 떠난 김응서가 아닌가! 아아, 혼령이 되어 이제야 고국으로 돌아왔구나."

임금은 눈물을 흘리며 그를 위한 제사를 올렸다. 또한 김응서의
벼슬을 좌의정으로 추증*하였다.

* **추증** 죽은 뒤에 벼슬을 높여 줌.

●

"일본을 결코 믿지 마소서.

조선이 약해지면 일본은 또다시 침략할 것입니다.

그러니 부디 나라를 부유하고 강하게 만드소서."

●

항복 문서를 올릴 테니
부디 용서하소서

평안도 영변 향산사(香山寺)라는 절에 한 승려가 있었다. 사람들은 그를 서산 대사라 불렀다.

대사는 경전에 통달했으며, 하늘과 땅의 이치를 깨우쳐 모르는 게 없었다. 그러던 어느 날 대사는 별자리를 살피더니 탄식하며 제자 사명당에게 말했다.

"아까 천문을 보니 왜놈들이 다시 조선을 침략할 기미가 보이는구나. 우리가 비록 세상을 떠나 산속에 묻혀 살지만, 그 근본은 조선 백성이니라. 나라가 위기에 처했는데 어찌 가만히 있을 수 있겠느냐?"

"스승님 말씀이 맞습니다. 제가 어찌하면 되겠습니까?"

"나는 늙고 병들어 멀리까진 가지 못할 것이다. 우선은 임금에게 가서 이 일을 아뢸 것이다. 그 뒤에 너는 일본으로 들어가 왜왕의 항복을 받아라."

"알겠사옵니다."

이리하여 스승과 제자는 서둘러 길을 나섰다. 서산 대사가 궁에 도착했다는 소식을 들은 임금은 예의를 다해 맞았다.

"대사께서 먼 길 오시느라 수고하셨소. 한데 무슨 일로 이곳까지 오신 것이오?"

"왜놈들이 다시 침략할 마음을 품고 있습니다."

그러자 임금은 깜짝 놀라 물었다.

"그렇다면 어찌해야 한단 말이오?"

"소승은 늙고 병들어 멀리 나아갈 수 없습니다. 여기 제 제자 사명당을 데려왔습니다. 재주가 뛰어나고 도술에 능하니, 그를 보내 왜왕의 항복을 받으소서."

그제야 임금은 사명당을 자세히 바라보았다. 양쪽 눈썹이 희고, 눈은 초롱초롱 빛났으며, 위엄과 기개가 넘쳐흘렀다.

"모습을 보니 높은 경지에 이른 것 같구려. 부디 충성을 다해 맡은 일에 성공하고 무사히 돌아오시오."

임금은 크게 기뻐하며 말했다. 서산 대사는 사명당에게 편지 한 통을 건네며 당부했다.

"이것은 서해 용왕의 편지이다. 급한 일이 있으면 봉투를 열고 조선 땅을 향해 두 번 절해라. 그러면 용왕이 너를 구할 것이다."

사명당은 편지를 행낭*에 넣고 인사를 드린 뒤 곧바로 일본으로 떠났다.

한편 왜왕은 다시 조선을 침략하고자 무기를 만들고 군사를 훈련시켰다. 그런데 한 신하가 급히 보고를 올렸다.

"아룁니다. 조선에서 사신이 도착했습니다. 복장을 보아하니 아무래도 중인 것 같습니다."

"뭐라고? 중이라고? 이제는 조선에 인물이 하나도 없나 보구나."

왜왕은 껄껄 웃으며 사신을 불렀다. 사명당은 당당하게 나아가 왜왕에게 말했다.

"너희가 다시 남의 땅을 침략하려는 걸 알고 있다. 그리하여 우리 임금께서 생불*을 보내 너희 죄를 물은 뒤 항복을 받으라 하셨다. 만약 따르지 않으면 큰 화를 입을 것이다."

이에 왜왕은 박장대소하며 말했다.

---

* **행낭** 무엇을 넣어서 보내는 큰 주머니.
* **생불(生佛)** 살아 있는 부처.

"방금 생불이라고 했는가? 조선에 어찌 생불이 있나?"

그러자 옆에서 듣던 신하들이 아뢰었다.

"스스로를 생불이라고 하니, 한번 시험해 보는 게 좋겠습니다."

신하들은 급히 일만 팔천 칸의 병풍을 만든 뒤, 각각에 글을 써 붙여 놓았다. 그리고 사명당이 말을 타고 급히 달리게 했다. 왜왕이 물었다.

"그래. 말을 타고 오면서 병풍에 쓰여 있는 글을 보았는가?"

"물론이다."

"뭐라고 쓰여 있던가?"

그러자 사명당은 조금의 망설임도 없이 일만 칠천구백구십구 칸의 글을 외웠다. 왜왕은 깜짝 놀라며 다시 물었다.

"한 칸은 어찌 외우지 않는가?"

"한 칸에는 글이 없었다."

왜왕이 급히 신하에게 확인해 보도록 했다. 과연 병풍 한 칸의 글이 바람에 날아가 버리고 없었다. 왜왕은 몸을 부들부들 떨며 신하들에게 물었다.

"이자는 정말 생불이 분명하구나. 어찌하면 좋겠느냐?"

"좋은 방법이 있습니다. 깊은 연못에 유리 방석을 띄우고 그 위에 앉아 보라 하십시오. 싫다고 거절하면 죽여 버리고, 방석 위에 앉는다 해도 물에 빠져 죽을 것입니다."

왜왕은 고개를 끄덕이고 사명당을 불러 말했다.

"이 앞에 승당이란 연못이 있는데, 저 방석을 타고 물 위에서 구경하는 게 어떻소?"

사명당은 조선을 향해 절한 뒤 유리 방석을 연못에 띄우고 그 위에 올라앉았다. 그리고 바람을 따라 이리저리 떠다녔다.

"혼자 구경하려니 심심하구려. 왜왕께서도 이쪽에 함께 앉는 게 어떠신가?"

왜왕은 그 모습을 보며 깜짝 놀랐다. 그러자 신하들이 또다시 아뢰었다.

"오늘 밤 사명당이 묵는 방 밑에 무쇠를 깔고 밤새 불을 때겠습니다. 밖에서 문을 걸어 잠그면 아마도 열기에 쪄 죽을 것입니다."

왜왕이 허락하자 신하들은 사명당의 숙소에 불을 마구 때기 시작했다.

"아궁이에 나무를 아낌없이 팍팍 넣어라!"

방 안은 열기로 가득 차올랐고, 방바닥 역시 시뻘겋게 달아올랐다. 그러나 사명당은 아무렇지 않은 표정으로 '얼음 빙(氷)' 자를 쓰더니 두 손에 꼭 쥐었다.

잠시 후 방 안에 한기가 돌더니, 모든 벽에 서리가 내리고 고드름까지 맺혔다. 불을 때면 땔수록 방은 점점 더 추워졌다.

다음 날 왜왕과 신하들이 방문을 열자, 사명당은 덜덜 떨면서

말했다.

"일본은 더운 나라라고 들었다. 한데 이렇게 추운 곳에서 재우며 불도 안 때어 주느냐? 손님 대접에 소홀함이 많구나!"

그 모습을 본 왜왕은 깜짝 놀라 기절할 뻔했다. 그는 신하들을 모아 의논했다.

"사명당은 생불이 틀림없다. 이를 어찌해야 하는가?"

그러자 한 신하가 계책을 내놓았다.

"그를 돌려보내면 후환이 있을 것입니다. 어떻게든 죽여야만 합니다. 하오니 무쇠로 만든 말을 불에 달군 뒤 그 위에 올라타도록 하십시오. 만약 그래도 멀쩡하다면 병사들을 매복시켰다가 조총을 쏴 죽이소서."

왜왕은 그렇게 하기로 마음먹은 뒤 사명당을 불러 말했다.

"저 말에 오를 수 있겠소? 나를 위해 재주를 한 번 더 보여 주시오."

"어려울 게 뭐 있겠소?"

사명당은 달구어진 말에 태연히 올랐다. 그러자 길가에 숨어 있던 왜적들이 조총을 들고나왔다.

"쏴라!"

"어림없다!"

사명당이 크게 외치자 모든 병사들이 놀라 총을 땅에 떨어뜨렸다. 사명당은 말에서 내린 뒤 스승이 준 편지 봉투를 열고 조선 땅을 향해 두 번 절했다. 그러자 서쪽 하늘에서 검은 구름이 일더니 갑자기 하늘이 어두워졌다. 잠시 후 천지가 진동하면서 천둥 번개가 내리치더니 비가 퍼부었다. 마치 하늘에 구멍 난 것처럼 그 맹렬한 기세는 그칠 줄 몰랐다.

일본은 삽시간에 물바다가 되었다. 모든 집이 물에 잠겼고, 백성들은 지붕 위에 올라가 하늘을 보며 탄식했다.

"이게 대체 무슨 일이야!"

"사람 살려!"

사명당은 공중에 몸을 띄우더니 말했다.

"너희는 하늘의 뜻을 거역하고 조선을 침략해 수많은 백성을 죽였다. 게다가 또다시 그런 짓을 벌일 생각을 하다니 용서할 수 없구나. 이제 일본이란 나라는 지도에서 사라질 것이다."

그러자 왜왕이 머리를 조아리며 싹싹 빌었다.

"제가 어리석어 생불을 몰라뵙고 여러 번 실수하였습니다. 제발 살려 주시옵소서."

"내 너를 어찌 믿겠느냐?"

"말씀만 하시면 뭐든 다 하겠습니다. 항복 문서를 올릴 테니 부디 용서하소서."

왜왕은 조선을 다시는 침략하지 않겠다는 문서를 급히 써서 사명당에게 바쳤다. 사명당은 비바람을 멈춘 뒤 땅으로 내려와 말했다.

"이런 종이 쪼가리는 믿을 수 없구나. 차라리 너희 나라 보배를 바치면 생각해 보겠다."

"어떤 것을 원하십니까? 금과 은, 비단과 진주 모든 게 다 있습니다. 말씀만 하옵소서."

"내가 바라는 건 재물이 아니다. 너의 머리를 원한다. 이 나라에서 네 머리만 한 보배는 없다."

그러자 왜왕은 하얗게 질려 덜덜 떨었다.

"제발 살려 주소서. 제가 죽으면 누가 이 나라 백성을 다스리겠습니까? 부디 다른 것으로 해 주소서."

"네 머리는 아깝다는 것이냐? 그렇다면 뭐가 좋을까? 너희가 조선 백성을 해쳤으니 그에 대한 대가로 매년 사람 가죽 삼만 장씩 조선에 바쳐라."

그 말에 왜왕은 입을 떡 벌리더니 눈물을 뚝뚝 흘렸다.

"생불님 말씀대로 한다면 몇 년 후에 일본은 망할 것입니다. 다른 방법을 알려 주소서."

"다른 나라에 고통을 준다는 게 얼마나 나쁜 짓인지 이제야 조금 알겠느냐? 긴말 필요 없다. 너희가 전쟁 때 포로로 잡아간 우리 조선 백성들을 데려갈 것이다."

"곧바로 준비하겠습니다."

왜왕은 몇 번이나 고개를 숙이며 감사의 뜻을 전했다. 그리고 조선인 포로 수천 명을 불러 모았다.

사명당은 이들을 데리고 조선으로 돌아왔다. 사람들은 기쁨의 눈물을 흘리며 감사의 뜻을 전했다. 사명당은 곧바로 임금에게 가서 지금까지 있었던 일을 아뢰고 왜왕의 항복 문서를 전했다. 임금은 크게 기뻐하며 잔치를 베풀었다.

"너무나 고생이 많았소. 혹시 바라는 게 있소? 말만 하시오."

"소승이 무슨 재물을 바라겠습니까? 다만 하나만 당부드린다면 일본을 결코 믿지 마소서. 조선이 약해지면 일본은 또다시 침략할 것입니다. 그러니 부디 나라를 부유하고 강하게 만드소서."

그날 밤 사명당은 조용히 궁궐을 빠져나왔다. 그 후로는 아무도 그를 보지 못했다고 한다.

물음표로
따라가는
인문학 교실

고전으로 인문학 하기

고전을 읽으며 생겨나는 여러 질문에 답하며,
배경지식을 얻고 인문학적 감수성을 키워요.

고전으로 토론하기

고전을 다양한 시각으로 바라보며,
다르게 생각하는 힘을 길러요.

고전과 함께 읽기

함께 소개하는 다양한 작품을 통해,
인문학적 사고의 폭을 넓혀요.

고전으로 인문학 하기

● 조선은 일본이 침략할 걸 몰랐을까?

"과거의 왜군은 짧은 무기들만 가지고 있었소. 그러나 지금은 조총을 가지고 있습니다. 만만히 볼 상대가 아닌 것 같소."

"아, 그 조총이란 것이 쏠 때마다 맞는답니까?"

"나라에 태평한 세월이 계속되면 병사들은 모두 나약해지기 마련입니다. 이러한 때에 변란이라도 일어나면 속수무책이 될 것입니다. 몇 해가 지나면 우리 병사들도 강해지겠지만 지금은 그렇지 못할 것입니다. 참으로 걱정입니다."

그러나 신립은 내 말을 무시한 채 곧 자리에서 일어섰다.

－《징비록》에서

그것은 준비되지 않은 전쟁이었습니다. 조선은 오랫동안 평화로웠습니다. 아무도 외부의 적을 생각하지 않았지요. 도리어 내부의 적과 싸우기 바빴습니다. 권력을 차지하기 위해 당파를 나눠 정치 싸움을 계속했으니까요.

▲ 도요토미 히데요시

정말로 다들 바빴습니다. 그래서 100년 동안 계속된 이웃 나라의 내란이 도요토미 히데요시에 의해 끝났다는 걸 몰랐습니다. 이제 일본은 강력한 중앙 집권 체제로 바뀌었고, 조총과 같은 새로운 무기를 가졌다는 것도요.

그래도 조금은 걱정되었습니다. 그래서 조정에선 두 명의 사신, 황윤길과 김성일을 보냅니다. 일본이 조선 침략의 야욕을 가졌는지 확인하기 위해서지요.

황윤길은 조선 침략의 가능성이 있다고 보고했고, 김성일은 침략하지 않을 것이라 보고한 걸로 알려져 있습니다. 하지만 실제로는 다릅니다. 두 명 모두 침략 가능성을 이야기했습니다. 김성일 역시 이렇게 말했지요.

"저 역시 일본이 절대 쳐들어오지 않으리라고 생각하지 않습니다. 그렇지만 윤길의 말이 너무도 강경해 잘못하면 나라 안 인심이 동요될까 봐 일부러 그렇게 말한 것입니다."

적이 쳐들어올 수도 있지만, 인심이 동요될까 봐 준비는 않겠다는 것. 조정은 결국 이렇게 합니다.

그래도 일본과 가까운 남쪽 지방은 걱정이 되었나 봅니다. 특히 경상도에선 병영과 성을 새로 짓거나 고쳤지요. 그런데 이번에는 노역*에 동원된 백성들이 불평을 쏟아 냅니다.

진주성이 위급한데, 포루*가 설치되어 있으면 지킬 수 있을 것이고 그렇지 않으면 힘들 것이다. 그러자 고을 백성들이 모두 나서서 말했다.

"예전에는 포루 없이도 잘 지켜 적을 물리쳤는데 왜 이런 일로 백성들을 괴롭힙니까?"

그래도 김사순*은 물러서지 않고 작업을 시작했습니다. 그러나 얼마 후 그가 병이 들어 눕게 되자, 작업도 중단되었습니다. 참으로 안타까운 일입니다.

– 《징비록》에서

* **노역** 몹시 힘든 육체적 노동.
* **포루** 포를 설치하여 쏠 수 있도록 견고하게 만든 시설물.
* **김사순** 김성일. 사순은 김성일의 자(字). 자는 본이름 외에 부르는 이름.

그리하여 결국 일은 벌어
집니다. 왜란 중에 진주성은
함락됩니다. 적의 조총을 가
볍게 본 신립은 충주 탄금대
전투에서 전사하지요. 1592
년 4월 13일에 왜적들이 몰

▲ 진주성 촉석루 ⓒ 문화재청

려와, 단 20일 만에 한양이 점령당하고 두 달 만에 평양까지 침략
당한 건 바로 이 때문입니다.

● 《임진록》은 어떤 작품인가?

《임진록》은 역사 소설이자 군담(軍談) 소설입니다. 군담 소설은
전쟁을 소재로 창작된 소설을 뜻하는데요. 임진왜란을 배경으로
한 이 작품은 크게 네 부분으로 나눠 볼 수 있습니다. 첫째, 임진
왜란이 일어나기 직전의 국내외 상황과 일본의 침략. 둘째, 관군의
연이은 패배와 도망치기 급급한 조정. 셋째, 명나라의 참전과 곳곳
에서 일어나는 의병, 이순신을 비롯한 명장들의 활약. 넷째, 전후
사명당이 일본으로 건너가 항복을 받는 부분입니다. 전쟁 전후의
상황을 자세히 그리고 있지요.

《임진록》은 작가가 누구인지 언제 창작되었는지 알 수 없는 작

품인데, 17세기 인조 이후에 쓰인 것으로 보입니다. 이 작품에는 주인공이 다수 등장합니다. 즉, 특정 인물의 생애를 중심으로 쓴 일반 소설과 달리 여러 인물들의 활약상을 나열하는 방식으로 내용이 전개되지요.

《임진록》은 처음에는 한문으로 나왔다가, 백성들이 읽을 수 있도록 국문으로 번역되었어요. 한문본에 비해 국문본에선 이순신을 비롯한 여러 인물들의 활약을 상세히 서술합니다. 이는 당시 민중들이 민족적 영웅을 얼마나 갈망했는지 잘 보여 주지요.

● 사람들은 왜 《임진록》을 쓰고 읽었을까?

"전쟁의 첫 번째 희생자는 진실이다."

고대 그리스 3대 비극 작가 가운데 한 사람인 아이스킬로스 (Aeschylos)가 남긴 말입니다. 이런 사실은 위안부 문제를 생각하면 잘 알 수 있습니다. '강제로 동원된 것이 아니다.', '피해자에 대한 배상은 이미 끝났다.'라고 진실을 은폐하는 일본 정부를 보면서 우리는 커다란 분노를 느끼지요.

하지만 전쟁의 '가장 큰' 희생자는 바로 사람입니다. 특히 힘도, 권력도 없는 백성들은 큰 아픔을 겪습니다. 삶의 터전이 불타고, 가족을 잃었으며, 살기 위해 고향을 버리고 뿔뿔이 흩어지지요.

1592년은 그 비극이 일어난 해입니다.

전쟁은 비참하고도 실망스러웠습니다. 탄금대 전투에서 진 뒤, 임금은 한양을 방어하겠다는 말과 달리 한밤중에 피란을 떠납니다. 선조는 국토의 서북쪽인 의주까지 도망쳤고, 압록강을 건너 명나라로의 피신도 심각하게 고려했지요. 병사와 백성들의 사기는 땅으로 곤두박질쳤습니다. "더 이상 후퇴하지 않겠다."던 선조가 평양에서 몰래 빠져나왔을 때, 백성은 아예 등을 돌렸습니다. 선조의 행방을 왜군에게 알려 주려고 관아 담벼락에 낙서를 하는 사람까지 있었지요.

이런 상황에서도 의병을 비롯한 수많은 사람들은 나라를 구하기 위해 고군분투했습니다. 이들의 희생이 있었기에 조선은 겨우 명맥을 유지할 수 있었어요.

그런데 더욱 놀라운 건 위정자*들의 태도입니다. 전쟁이 끝나서도 이들은 민중의 슬픈 마음을 어루만져 주지 못했습니다.

중국 조정에서 군사를 동원하여 적을 몰아내고 강토를 회복했으니 이 또한 옛날에 없던 공적이다. 이것은 호종*했던 여러 신하들이 충성스러

---

* **위정자** 정치를 하는 사람.
* **호종** 임금이 탄 수레를 호위하여 따르던 일.

웠던 덕분이니 어찌 다른 사람들이 한 일이겠는가. 또 힘껏 싸운 장사(將士)들에 대해서는 그 공을 기록하지 않을 수 없겠으나 우리나라 장졸(將卒)에 있어서는 실제로 적을 물리친 공로가 없다.

– 《조선왕조실록》 선조 35년(1602) 7월 23일의 기록

'중국의 도움으로 왜군을 무찔렀으며, 우리나라 장수와 병사는 실제로 적을 물리친 공로가 없다.'는 기록을 보니 어떤가요? 여러분이 당시 민중이라면 고개를 끄덕이며 동의할 수 있나요?

백성들은 보았습니다. '나라님'으로 여기던 임금은 더 이상 절대적인 존재가 아니었습니다. 조선이라는 국가는 내 가족을 지켜 주지 못했지요. 조정 관리들 역시 명나라의 구원병만 애타게 바라면서, 제대로 대응하지 못합니다.

《임진록》은 전쟁의 가장 큰 피해자인 백성들이 쓰고 읽은 작품입니다. 이 작품에선 집권층의 무능한 모습을 적나라하게 보여 주며, 비판 의식을 드러냅니다. 또한 두 번 다시 이런 전란을 겪지 말아야 한다는 분노와 반성의 태도도 나타내지요. 우리 민족의 주체성과 일본에 대한 적개심은 작품의 원동력이 되었습니다.

참고로 《임진록》은 일제 강점기에도 큰 인기를 끌었습니다. 하지만 일제에 의해 금서(禁書)로 지정되었으며, 많은 수가 불태워지기도 했지요.

●《임진록》에는 왜 허구적 요소가 많을까?

《임진록》은 실제 역사와 다른 부분이 많습니다. 임진왜란이 끝나고 강홍립과 김응서가 일본을 정벌하러 간 일화는 사실이 아닙니다. 사명당이 왜왕을 굴복시킨 것 역시 허구이지요. 다시 말해 이 작품은 역사적 상상력의 결과물로 볼 수 있답니다.

그런데 왜 작품에 상상력이 가미되었을까요? 그건 상상의 이유를 생각해 보면 됩니다. 여러분은 무척 목이 마를 때 무슨 상상을 하나요? 카페에서 시원한 생수 한잔 마시는 걸 떠올리지 않나요? 만약 사고 싶은 게 있는데 지갑에 동전 하나 없을 때는요? 아마도 로또에 당첨되는 상상을 해 볼 겁니다.

상상은 현실 세계의 '결핍'에서 비롯됩니다. 그리고 결핍은 '반성'에서 시작됩니다. '만약 우리가 일본의 침략 야욕을 충분히 파악했더라면⋯⋯', '만약 성을 더욱 견고하게 쌓고 조총 같은 무기를 개발했더라면⋯⋯', '만약 이이의 십만양병설*을 받아들여 군사를 충분히 훈련시켰다면⋯⋯', '만약 그랬다면 전쟁의 모습이 달라지지 않았을까?' 이런 '만약'은 우리에게 뼈아픈 통찰과 자아 반성을 하게끔 만들지요.

상상의 또 다른 이유는 바로 '위안'입니다. 임진왜란은 커다란

* **십만양병설** 조선 선조
16년(1583)에 이이가 10만
군사를 길러 외적의 침략에 대비
하자며 내놓은 개혁안.

상처를 남겼습니다. 사람들에겐 위안이 필요했고, 소설이 바로 그 역할을 했지요. 문학적 상상력을 바탕으로 한 《임진록》은 사람들의 아픈 마음을 위로하고, 민족적 긍지와 자부심을 고취했습니다. 현실에선 패했지만, 이야기 속에선 왜적을 농락함으로써 치욕의 분을 씻고 '정신적 보상'을 얻을 수 있었어요.

참고로 병자호란 때 초월적 능력을 통해 나라를 구한 박씨 부인 이야기를 그린 《박씨전》, 조선 인조 때의 명장 임경업의 활약을 작품화한 《임경업전》 역시 이와 비슷합니다. 현실의 고통을 극복하는 힘과, 아픔을 치유하고자 하는 바람이 문학에 담긴 것입니다.

한 걸 음 더 사명당은 실제로 어떤 일을 했을까?

© 문화재청

임진왜란이 끝나도 조선은 안심할 수 없었습니다. 당시 일본은 강화를 요청했고, 조선이 이를 거부하자 다시 침입하겠다며 위협했지요. 이에 선조는 일본의 속뜻을 파악하기 위해 사명당을 파견합니다. 1604년에 사명당은 도쿠가와 이에야스를 만나 강화를 맺은 뒤, 조선인 포로 삼천오백 명을 데리고 다음 해에 돌아옵니다. 죽은 줄 알았던 그가 포로를 이끌고 오자 사람들은 놀라움을 금치 못했습니다. 그리하여 초인적 능력을 지닌 생불(生佛)로 작품에서 재탄생한 것이지요.

고전으로 토론하기

● **국가의 주인은 누구일까?**

생각 주제 열기

'임금'은 본래 '이사금'이란 말에서 비롯되었습니다. 이사금의 이는 '치아[齒]'를 뜻하는데요. 신라 초기엔 이가 많은 사람을 나이 많고 지혜로운 사람이라 여겨 부족장으로 정했지요.

임금은 분명 정치의 중심이자, 국가의 대표입니다. 하지만 '나라님, 주군(主君), 주상(主上)'이란 호칭처럼 임금은 진정 국가의 주인(主人)일까요? 만약 그렇지 않다면 국가의 주인은 누구일까요?

이번 시간에 그 답을 생각해 보고자 합니다. 친구들과 함께하는 이야기 마당으로 여러분을 초대합니다.

임금은 절대적 존재일까?

쌤 반갑습니다, 여러분. 자기소개부터 먼저 할까요?

은진 안녕하세요. 은진이라고 합니다. 얼마 전에 《임진록》을 재미있게 읽었답니다. 오늘 토론 잘 부탁드립니다.

쌤 그래요. 저도 잘 부탁합니다. 자, 다음은?

영준 안녕하세요. 영준입니다. 저도 잘 부탁드립니다.

쌤 반갑습니다. 이번 시간에는 '국가의 주인은 누구일까?'라는 주제로 함께 생각해 보고자 합니다. 사실 여러분은 답을 알 겁니다.

영준 맞아요! 나라의 주인은 임금이 아니라 국민이지요.

은진 그럼 그럼. 헌법에도 있지 않나요? '모든 권력은 국민으로부터 나온다.'

쌤 잘들 배웠네요. 좋습니다. 여러분은 이미 답을 알고 있습니다. 하지만 정작 중요한 건 답이 아니라 '질문 그 자체'입니다. "국가의 주인은 누구일까?"라는 질문이 나오기까지 인류는 수많은 시행착오를 반복했으니까요. 오늘 우리가 생각해 볼 것도 여기에 초점을 맞췄으면 하네요.

은진·영준 넵!

쌤 시작하기 전에 하나 묻지요. 지금 여러분 옆에 조선 시대 임금이 있다고 생각해 봐요. 어떤 생각이 들 것 같나요?

영 준 임금님이요? 와~ 신기할 거 같아요. 셀카부터 같이 찍어야 지.

은 진 그런데 임금님은 원래 근엄하지 않나요? 장난치면 혼날 거 같은데.

쌤 하하. 그래요. 혹시 '생살여탈권(生殺與奪權)'이란 말 아나요?

은 진 음…… '삶과 죽음을 주고 빼앗을 권리'라는 의미 아닌가요?

영 준 오, 한자 많이 아네!

은 진 이 정도야 기본이지. 호호.

쌤 맞습니다. 누군가를 살리거나 죽일 권리. 말만 들어도 무섭지 요. 황제나 임금, 군주 등 지배자들은 이런 권리를 가지고 있었습 니다. 그렇기에 다들 두려워하고 어려워하는 존재였지요.

영 준 셀카 같이 못 찍겠네요. 흑흑.

쌤 하하. 예전에는 임금의 지위를 하늘로부터 받은 거라 여겼습니 다. 그렇기에 임금을 거역하는 건 하늘의 도리에 맞서는 것이었지 요. 임금을 인정하지 않는 건 모반죄로 가장 엄히 처벌받았고요.

은 진 맞아요. 사극 같은 데 보면 역적은 삼족*을 멸한다는 말이 나 오잖아요. 죄를 지은 당사자만이 아니라 가족, 친척까지도 처형했 다고 하더라고요.

---

* **삼족(三族)** 친가와 외가와 처가의 가족.

영 준 헐. 한 번에 몇십 명이 목숨을 잃는 거네요.

쌤 그래요. 또한 임금을 찬양하며, 영원히 변치 않는 충성을 강조하기도 했답니다. 문학 역시 여기에 활용되었지요. 예를 들면 조선 선조 때의 문신 정철이 지은 가사*〈사미인곡〉이나 〈속미인곡〉은 임금에 대한 간절한 마음을, 한 여인이 연인을 그리워하는 마음에 비유해 표현했어요. 또 세종 때에 맹사성이 지은 〈강호사시가〉*에도 '亦君恩(역군은)이샷다'(임금의 은혜 덕분입니다) 같은 구절이 계속 나오지요. 이렇듯 임금은 절대적 존재였습니다. 곤룡포나 금관, 옥새 등 여러 상징물들도 임금의 권위를 뒷받침했지요.

은 진 문득 "짐이 곧 국가다."라고 말한 루이 14세가 떠오르네요.

쌤 맞아요. 루이 14세는 프랑스 절대 왕정 시기를 대표하는 왕이었지요. 하지만 권력은 본래 영원하지 못합니다. 계기가 있다면 얼마든 바뀌지요. 이제 오늘의 주제를 본격적으로 생각해 보아요.

▲ 루이 14세

---

* **가사** 조선 시대에 시조와 함께 유행했던 문학 양식으로, 시가와 산문의 중간 형태이다. 대체로 운문의 형식에 산문의 내용을 담았다.

* **〈강호사시가〉** 만년에 벼슬을 버리고 강호(자연)에 묻혀 사는 생활을 네 계절의 변화와 관련시켜 노래한 시조.

국가의 주인은 누구일까?

쌤 1592년, 임금의 지위를 흔드는 일이 벌어졌습니다.

영 준 전쟁이요! 임진왜란!

쌤 그래요. 외부의 침략은 내부에 큰 변화를 일으킵니다. 만약 조선이 제대로 준비되어 있었다면, 그래서 다들 일심 단결하여 적을 무찔렀다면 임금의 권위는 높아졌을 겁니다. 하지만 실제로는 정반대의 일이 벌어졌습니다. 임금은 백성을 버리고, 국경까지 달아나 중국으로 넘어갈 계획이었으니까요.

영 준 저도 참 실망스럽더라고요. 그 뭐냐…… 노블레스 오블리주* 인가. 그런 말도 있잖아요.

은 진 오, 네가 그런 말을 쓰다니 의외인걸?

영 준 너 나 놀리는 거지? 응?

은 진 아니야. 아주 잘했다고 칭찬하는 거야. 호호.

쌤 무기는 빈약하고, 군사는 부족했으며, 훈련은 되어 있지 않았습니다. 임금을 비롯한 위정자들은 제대로 대처하지 못했지요. 막상 전쟁이 나자 이들은 명나라 구원병만 애타게 찾습니다. 흥미로운 건 명나라 장수 이여송이 와서 임금을 처음 만날 때입니다. 그 부분을 잠깐 볼까요?

---

* **노블레스 오블리주** 사회 고위층 인사에게 요구되는 높은 수준의 도덕적 의무.

"조선의 임금이 도착했습니다."

이여송은 의자에서 내려와 인사를 한 뒤, 임금을 쳐다보았다. 하지만 선조의 얼굴에는 제왕(帝王)의 기상이 보이지 않았다. 이여송은 의아해하며 물었다.

"너희 조선은 참으로 간사하구나. 임금이 아닌 것을 임금이라 하여 우리를 깔보다니, 이게 어찌 된 일이냐?"

이여송은 화를 내더니 부대를 다시 중국으로 돌리도록 명했다.

• 77쪽 중에서

영 준 임금한테 임금이 아닌 것이라 하다니, 완전 굴욕이네요.

은 진 맞아. 그리고 임금이 엉엉 울지요? 명나라 군사들을 붙잡으려고요.

쌤 그래요. 실제로 이런 일은 없었을 겁니다. 아마도 소설을 창작하면서 넣은 것이겠죠. 그렇게 한 이유가 뭘까요?

은 진 무능한 임금을 풍자하려는 거죠. 중국을 섬기려는 사대*적인 태도도 비판하고요.

영 준 크~, 아주 뼈를 때리는구나!

쌤 맞아요. 이 부분에서 민중의 날카로운 시선이 느껴지지요. 임금의 무능함은 《임진록》 곳곳에 나타납니다. 작품 초반에는 변란에

* **사대** 약자가 강자를 섬김.

대비해야 한다던 관리를 유배 보내지요. 민심을 동요시킨다는 이유로요. 피란 중에는 강물에 빠져 허우적대다 겨우 목숨을 구합니다. 전란 중에는 이여송에게 벌레를 먹도록 권유받아 당황하지요.

은진 정말로 임금의 위엄과 품격은 보이지 않네요.

쌤 그래요. 임금의 잘못된 판단은 전쟁 내내 계속됩니다. 이순신을 백의종군시키고, 의병장으로 활약한 김덕령을 죽이지요. 실제로 이런 사례가 많아요. 목숨을 걸고 나라를 지킨 수많은 의병들에게 제대로 된 보상을 주긴커녕 이들을 역적으로 몰아 숙청했지요.

영준 아, 정말 어이없네요.

쌤 칠 년 간 이어진 전란은 백성을 고통으로 몰아넣었습니다. 일본 군이 물러나면 끝일까요? 불행히도 그렇지 않습니다. 임진왜란 이후, 오랑캐라 무시하던 여진족이 후금을 세우고(1616년), 1636년에는 나라 이름을 청으로 바꾸었지요. 그런데 명나라를 떠받들겠다며 명분에 집착하던 조선 위정자들은 후금(청)을 자극했고, 이 땅을 또다시 참담한 재앙 속으로 몰아넣습니다. 바로 정묘호란(1627년)과 병자호란(1636년)이었지요.

영준 아, 만약 과거로 돌아간다면 이 시기는 정말 피하고 싶네요.

쌤 《임진록》은 전란의 상처를 모두 겪은 후에 나왔습니다. 이 작품은 단순히 일본을 이기는 기분 좋은 작품이 아닙니다. 민중의 울분과 응어리가 담긴 작품이지요. 또한 위정자들을 향한 꾸짖음도 담겨 있습니다. '네가 그러고도 나라의 주인이냐?'라는 매서운 질책 말이에요.

은진 그렇군요. 쌤, 임진왜란이 사회에 많은 변화를 가져왔다고 배웠어요! 조선 전기와 후기를 나누는 기준도 임진왜란이라고요.

쌤 맞습니다. 이제 사람들은 명분보다는 실리, 관념보다는 현실을 중시하게 됩니다. 인구의 3분의 1이 줄고, 농경지도 황폐화되었는데 공자님 말씀이 귀에 들어올까요? 지배층에 대한 불신 역시 높아집니다. 임금 역시 마냥 찬양해야 할 존재가 아님을 깨닫지요.

영준 흠. 그렇군요.

쌤 전쟁은 사람들의 인식을 바꾸었고, 문학은 이를 반영합니다. 그렇다면 《임진록》이 우리에게 주는 가르침은 무엇일까요?

국가의 운영은 국민의 관심과 노력에서 시작된다

쌤 여러분은 이 작품을 읽고 어떤 생각을 했나요?

영준 음, 유비무환(有備無患)이란 말이 떠올랐어요. 조선이 준비되어 있었다면, 이렇게나 많은 피해를 입지 않았을 텐데 안타까워요.

은진 저는 국가는 어떤 역할을 해야 하는지 생각해 봤어요. 가장 중요한 건 사람들의 생명과 안전을 보호해야 한다는 거예요. 위정자들은 그걸 잊으면 안 될 거 같아요.

쌤 훌륭합니다. 쌤이 한 가지만 덧붙이자면 역사는 반복된다는 것입니다. 임진왜란이 일어나고 358년 뒤인 1950년 6월 25일, 비극은 되풀이됩니다. 혼란과 갈등 속에 같은 민족 간에 전쟁이 일어나고, 나라의 지도자는 이틀 만에 수도를 버리고 피란을 가지요. 라디오를 통해 이런 말을 남기고요.

"대통령 이하 전원이 평상시와 같이 중앙청에서 집무하고 국회도 수도 서울을 사수하기로 결정했으며……(중략)…… 우리 국군이 한결같이 싸워서 오늘 아침 의정부를 탈환하고 물러가는 적을 추격 중이니 국민은 군과 정부를 신뢰하고 조금의 동요도 없이 직장을 사수하라."

영 준 아…… 이럴 수가.

쌤 3개월 뒤 서울을 수복한 정부는 부역자* 색출에 열을 올렸습니다. 재빨리 피란 간 사람은 애국자가 되고, 대통령 말을 믿고 남았던 사람은 배신자로 몰리는 일이 벌어진 셈이지요. 부역자 학살은 전국적으로 이루어집니다. 충남 서산과 태안의 집단 학살(약 2천 명), 고양·파주(1천여 명), 김포(6백여 명), 남양주(1백여 명)…… 정확한 숫자를 헤아릴 순 없지만 10만 명 이상이 목숨을 잃었지요.

은 진 끔찍하네요. 선조의 피란과 백성들이 겪은 고통이 떠올라요.

쌤 그래요. 과거를 잊은 자는 그것을 반복하게 된다는 말이 있습니다. 이것이 역사책과 문학을 꾸준히 읽어야 할 이유일 것입니다. 더불어 여러분은 민주 시민입니다. 국가의 주인이자 주권의 근원이며, 국정 운영의 감시자이지요. 국가가 국민을 진정으로 위하는지는 여러분의 관심과 노력에 달려 있습니다. 이 점을 잊지 않았으면 합니다. 마치겠습니다.

은 진·영 준 감사합니다!

---

* **부역자** 국가에 반역이 되는 일에 동조하거나 가담한 사람.

고전과 함께 읽기

여기서는 《임진록》과 관련해 함께 보면 좋은 책이나 영화 등을 소개합니다.
다양한 작품을 통해 이해의 폭을 넓히고 재미를 느껴 보길 바랍니다.

운문 〈선상탄〉 나라를 걱정하는 마음을 어찌 잊겠는가?

　임진왜란이 끝나도 사람들의 분노와 아픔은 가시지 않았습니다. 1605년, 부산진의 통주사로 있던 박인로(1561~1642)는 일본을 바라보며 생각합니다.

벌레처럼 꾸물대는 저 섬나라 오랑캐들아! 얼른 항복하여 용서를 빌어라. 항복하는 자는 죽이지 않으니, 너희를 구태여 모조리 다 죽이겠느냐? 우리 임금님의 거룩한 덕이 너희와 다 같이 잘 살기를 바라시니라.

　　작품 제목인 선상탄(船上嘆)은 '배 위에서 탄식하다'라는 뜻입니다. 작가는 일본에 대한 강한 적개심을 드러냅니다. 또한 나라를 걱정하고 근심하는 마음을 보여 주지요. 이 작품은 조선 후기 전쟁 문학을 대표하는 가사입니다.

　　이 작품에서 흥미로운 건 작가의 '생각'인데요. 작가는 먼저 헌원씨와 진시황, 서불을 원망합니다. 헌원씨는 배를 처음으로 만들

었다는 사람입니다. 또한 진시황은 서불에게 불사약을 구해 오도록 했고, 서불이 다른 신하들과 정착해 세운 나라가 바로 일본으로 알려져 있지요. 만약 이들이 없었다면 섬나라 일본도 없었을 것이라고 작가는 말합니다.

또한 배의 쓰임에 대해서도 작가는 생각합니다. 예전엔 배에 노랫소리가 들리고, 술상도 펼쳐져 있었어요. 하지만 지금은 칼과 창만 잔뜩 실려 있습니다. 풍류*의 수단이 전쟁의 수단으로 바뀌어 버린 것이지요. '배는 한 가지인데 지닌 바가 다르니, 그 사이 근심과 즐거움이 서로 다르다.'라며 변해 버린 현실을 안타까워하고 있습니다.

전쟁하는 배를 타던 우리 몸도 고기잡이배를 타고 늦도록 노래하고, 가을 달 봄바람에 베개를 높이 베고 누워서 성군 치하의 태평성대를 다시 보려 하노라.

그래도 언젠가는 태평성대가 다시 올까요? 물론입니다. 작가는 군함 대신 고기잡이배를 타고 자연을 즐기고 싶다고 합니다. 평화와 공존을 바라는 그의 생각을 잘 읽을 수 있네요.

* **풍류** 멋스럽게 즐기는 일. 또는 그렇게 노는 일.

박인로는 실제로 임진왜란에도 참여한 무인(武人)이며, 강한 기상과 용기를 지녔습니다. 그가 지은 〈태평사〉라는 작품 역시 왜적을 물리친 기쁨을 표현하고, 충성하는 삶을 살 것을 강조했지요. 이런 인물이 있었기에 우리 조상들은 임진왜란을 극복할 수 있었을 것입니다. 〈선상탄〉은 〈태평사〉와 더불어 중요한 전쟁 문학의 하나로 손꼽힙니다.

영화 〈**대립군**〉 진정한 리더가 되기 위해 필요한 건 무엇일까?

산속에 도망가 숨은 백성들도 광해군의 부름에 응해 구름처럼 몰려들었고, 그가 격문을 붙인 곳마다 백성들이 스스로 의병을 모아 서로 앞다투어 목숨을 바치고 적을 칠 것을 결심하였다. 결국 나라가 왜군의 침략을 방어하고 임진년의 난리에서 재건된 것은 실로 여기에서 기인한 것이다.

— 《선조실록》 중에서

이 영화는 임진왜란 당시 광해군(1575~1641)을 주인공으로 합니다. 당시 선조는 피란을 떠나며 아들 광해군을 세자로 책봉하고, 분조*를 이끌도록 하지요. 하지만 광해는 어리고, 아무런 경험도 없었습니다. 게다가 나라를 버린 임금을 백성들은 신뢰하지 않았

* **분조(分朝)** 임진왜란 때 임시로 세운 조정.

지요. 그러니 평안도로 가서 군사를 모으라는 어명은 그에게 불가능하게 느껴졌습니다.

영화 제목인 '대립군'의 대립은 '대신 서다(代立)'라는 의미입니다. 전쟁 땐 젊은 남성들이 군대에 가야 했는데, 양반이나 고위 관리의 자식들은 돈을 주고 그들을 대신할 사람을 보냈지요. 대립군은 남의 군역*을 대신한, 일종의 용병*과도 같은 존재입니다.

대립군은 광해를 평안도까지 호위하기로 합니다. 대립군은 수많은 전쟁을 치른 전문가이지만, 돈을 벌러 온 자들이기에 충성심도, 애국심도 없었지요. 그들은 나약한 세자를 보고 비웃으며, 서둘러 돈을 받을 생각만 합니다.

광해 : 내 두려움이 뭔 줄 아는가? 자네들까지 모두 죽는 걸 보는 것이야. 그게 내 두려움일세.

전쟁은 사람들을 바꿔 놓습니다. 왜군에게 칼로 베이고 창에 찔

---

* **군역** 조선 시대에 16세에서 60세 사이의 남자들이 정해진 기간 동안 군대에 가야 했던 의무.
* **용병** 봉급을 주며 부려 쓰는 병사.

린 채 널브러진 시체, 새까맣게 불타 버린 집, 엄마를 잃고 우는 아이, 절망에 빠진 어두운 얼굴들…… 궁궐에서만 살던 어린 왕자는 백성들의 참담한 현실을 직접 봅니다. 그리고 나라의 지도자란 진정으로 백성을 위하고 사랑해야 한다는 것을 깨닫지요.

대립군 역시 변해 갑니다. 이들은 별다른 책임감도 없이, 약정된 기간만 채우고는 곧바로 떠나려 했습니다. 하지만 광해가 진정으로 백성을 위할 왕이 될 위인임을 깨닫고는 자신의 목숨을 걸고 지킵니다. 모두가 하나 되어 어려움을 극복하고, 왜적을 물리치기 위해 노력하지요.

이 영화의 메시지는 명확합니다. 국가는 백성이 있어야 존재하고, 백성이 살아야 국가가 지탱된다는 것입니다. 우리가 꼭 명심해야 할 부분입니다.

나라의 지도자가 갖춰야 할 자질은 무엇일까요? 바로 국민을 생각하는 마음입니다. 영화에서도 광해가 진정으로 백성을 위하고, 사랑할 때 백성들은 광해에게 힘이 되고 죽음을 각오합니다. 진정한 리더가 되기 위해 여러분도 꼭 기억하기 바랍니다.

📖 소설 《**남한산성**》 역사가 우리에게 주는 교훈은 무엇일까?

적이 임진강을 건넜으므로, 서울을 버려야 서울로 돌아올 수 있다는 말은 그럴듯하게 들렸다. 종묘와 사직단 사이에서 머뭇거리다 도성이 포위되면 서울을 버릴 수 없을 것이고, 서울로 다시 돌아올 일은 아예 없을 터였다. 파주를 막아 낼 수 있다면 서울로 돌아오기 위해 서울을 버려야 할 일이 없을 터이지만, 그 말이 옳은지 아닌지를 물을 수 없는 까닭은 적들이 이미 임진강을 건넜기 때문이었다.

– 《남한산성》 (학고재) 23쪽 중에서

병자년(1636년) 겨울은 비극적인 해였습니다. 청나라 십만 대군이 남한산성을 에워쌌고, 조선의 운명은 바람 앞의 등불과도 같았습니다.

인조를 비롯한 조정 대신들은 강화도로 피신하려 했지만, 이마저도 적에 의해 막히고 결국 남한산성으로 들어갑니다. 하지만 그 안에서도 갈등은 계속되었지요. 척화파와 주화파*로 나뉜 신하들

* 척화파는 끝까지 청과 싸우자는 파이며, 주화파는 싸움을 멈추고 청과 협상하여 나라를 지키자는 파이다.

은 끝없는 논쟁만 계속했고, 그동안 백성들은 굶주림과 추위, 청의 약탈로 극심한 피해를 입었지요.

47일 동안 계속된 남한산성 포위는 결국 인조가 청 황제 앞에 나아가 항복하는 것으로 끝납니다. 이후의 결과는 처참합니다. 엄청난 양의 공물을 매년 바쳐야 했으며, 중국으로 끌려간 포로는 수십만 명이 넘었지요. 특히나 여성들은 온갖 수모와 치욕을 겪다가, 스스로 목숨을 끊는 경우도 많았습니다.

세계 정세에 대한 이해 부족과 집권층의 판단 착오, 미흡한 준비와 안일한 대처. 그 결과는 수많은 희생이었습니다. 참으로 안타깝지요. 진정으로 나라와 백성을 위한다면 지도자는 어떤 결정을 내려야 했을까요? 그리고 이런 비극적인 역사가 반복되지 않기 위해 어떻게 해야 할까요? 우리가 꼭 생각해 봐야 할 문제입니다.

《임진록》과 《남한산성》 모두 가슴 아픈 이야기입니다. 전쟁의 가장 큰 피해자가 백성이라는 점은 더욱 마음 아프지요. 그렇다면 역사가 우리에게 주는 교훈은 무엇일까요? 전쟁을 피하기 위한 적극적인 노력과 그럼에도 불구하고 만약의 상황에 대해 항상 준비하고 있어야 한다는 것 – 이 두 가지 모두가 아닐까 합니다.

물음표로 따라가는 인문고전 20

임진록 나라를 위해 목숨까지 건다고?

ⓒ 박진형 정경아, 2020

1판 1쇄 인쇄일 2020년 3월 20일 | **1판 1쇄 발행일** 2020년 4월 5일

글 박진형 | **그림** 정경아
펴낸이 권준구 | **펴낸곳** (주)지학사
본부장 황홍규 | **편집장** 박미영 | **팀장** 김은영 | **편집** 문지연 김솔지
디자인 디자인앨리스 | **제작** 김현정 이진형 강석준 방연주 | **마케팅** 송성만 손정빈 윤술옥 이예현
등록 2010년 1월 29일(제313-2010-24호) | **주소** 서울시 마포구 신촌로6길 5
전화 02.330.5297 | **팩스** 02.3141.4488 | **이메일** arbolbooks@naver.com
ISBN 979-11-6204-083-6 44810
ISBN 979-11-85786-85-8 44810 (세트)
잘못된 책은 구입하신 곳에서 바꿔 드립니다.

이 도서의 국립중앙도서관 출판예정도서목록(CIP)은 서지정보유통지원시스템 홈페이지(http://seoji.nl.go.kr)와 국가
자료종합목록 구축시스템(http://kolis-net.nl.go.kr)에서 이용하실 수 있습니다. (CIP제어번호 : CIP2020011538)

 제조국 대한민국 사용연령 10세 이상
KC마크는 이 제품이 공통안전기준에 적합하였음을 의미합니다.

 지학사아르볼 아르볼은 '나무'를 뜻하는 스페인어. 어린이들의 마음에 담긴 씨앗을 알찬 열매로 맺게 하는 나무가 되겠습니다.
홈페이지 www.jihak.co.kr/arb/book | 포스트 post.naver.com/arbolbooks